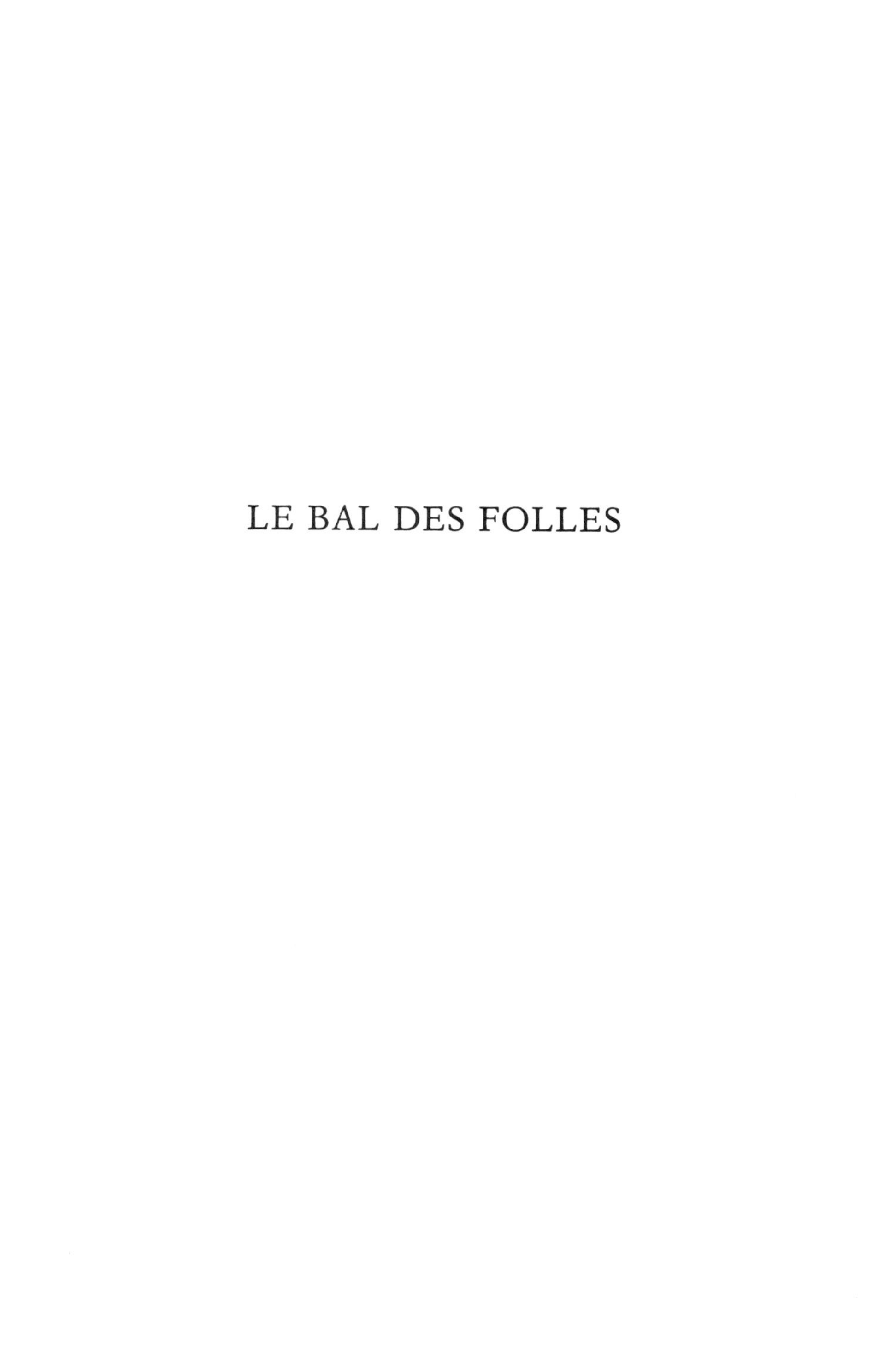

LE BAL DES FOLLES

VICTORIA MAS

LE BAL DES FOLLES

roman

ALBIN MICHEL

1

Le 3 mars 1885

– Louise. Il est l'heure.

D'une main, Geneviève retire la couverture qui cache le corps endormi de l'adolescente recroquevillée sur le matelas étroit ; ses cheveux sombres et épais couvrent la surface de l'oreiller et une partie de son visage. La bouche entrouverte, Louise ronfle doucement. Elle n'entend pas autour d'elle, dans le dortoir, les autres femmes déjà debout. Entre les rangées de lits en fer, les silhouettes féminines s'étirent, remontent leurs cheveux en chignon, boutonnent leurs robes ébène par-dessus leurs chemises de nuit transparentes, puis marchent d'un pas monotone vers le réfectoire, sous l'œil attentif des infirmières. De timides rayons de soleil pénètrent par les fenêtres embuées.

Louise est la dernière levée. Chaque matin, une interne ou une aliénée vient la tirer de son sommeil. L'adolescente accueille le crépuscule avec soulagement et se laisse tomber dans des nuits si profondes qu'elle ne rêve pas. Dormir permet de ne plus se préoccuper de ce qu'il s'est passé, et de ne pas s'inquiéter de ce qui est à venir. Dormir est son seul moment de répit depuis les événements d'il y a trois ans qui l'ont conduite ici.

– Debout, Louise. On t'attend.

Geneviève secoue le bras de la jeune fille, qui finit par ouvrir un œil. Elle s'étonne d'abord de voir celle que les aliénées ont surnommée l'Ancienne attendre au pied de son lit, puis elle s'exclame :

– J'ai cours !

– Prépare-toi, tu as assez dormi.

– Oui !

La jeune fille saute à pieds joints du lit et saisit sur une chaise sa robe en lainage noir. Geneviève fait un pas de côté et l'observe. Son œil s'attarde sur les gestes hâtifs, les mouvements de tête incertains, la respiration rapide. Louise a fait une nouvelle crise hier : il n'est pas question qu'elle en fasse une autre avant le cours d'aujourd'hui.

L'adolescente s'empresse de boutonner le col de sa robe et se tourne vers l'intendante. Perpétuellement droite dans sa robe de service blanche, les cheveux blonds relevés en chignon, Geneviève l'intimide. Avec les années, Louise a dû apprendre à composer avec la rigidité de cette dernière. On ne peut lui reprocher d'être injuste ou malveillante ; simplement, elle n'inspire pas d'affection.

– Comme ceci, Madame Geneviève ?

– Lâche tes cheveux. Le docteur préfère.

Louise remonte ses bras arrondis vers son chignon fait à la hâte et s'exécute. Elle est adolescente malgré elle. À seize ans, son enthousiasme est enfantin. Le corps a grandi trop vite ; la poitrine et les hanches, apparues à douze ans, ont manqué de la prévenir des conséquences de cette soudaine volupté. L'innocence a un peu quitté ses yeux, mais pas entièrement ; c'est ce qui fait qu'on peut encore espérer le meilleur pour elle.

– J'ai le trac.

– Laisse-toi faire et ça se passera bien.

– Oui.

Les deux femmes traversent un couloir de l'hôpital. La lumière matinale de mars entre par les fenêtres et vient se réfléchir sur le carrelage – une lumière douce, annonciatrice du printemps et du bal de la mi-carême, une lumière qui donne envie de sourire et d'espérer qu'on sortira bientôt d'ici.

Geneviève sent Louise nerveuse. L'adolescente marche tête baissée, les bras tendus le long du corps, le souffle rapide. Les filles du service sont toujours anxieuses de rencontrer Charcot en personne – d'autant plus lorsqu'elles sont désignées pour participer à une séance. C'est une responsabilité qui les dépasse, une mise en lumière qui les trouble, un intérêt si peu familier pour ces femmes que la vie n'a jamais mises en avant qu'elles en perdent presque pied – à nouveau.

Quelques couloirs et portes battantes plus tard, elles entrent dans la loge attenante à l'auditorium. Une poignée de médecins et d'internes masculins attendent. Carnets et plumes en main, moustaches chatouillant leurs lèvres supérieures, corps stricts dans leurs costumes noirs et leurs blouses blanches, ils se tournent en même temps vers le sujet d'étude du jour. Leur œil médical décortique Louise : ils semblent voir à travers sa robe. Ces regards voyeurs finissent par faire baisser les paupières de la jeune fille.

Seul un visage lui est familier : Babinski, l'assistant du docteur, avance vers Geneviève.

– La salle est bientôt remplie. Nous allons commencer d'ici dix minutes.

– Avez-vous besoin de quelque chose en particulier pour Louise ?

Babinski regarde l'aliénée de haut en bas.

– Elle fera l'affaire comme ça.

Geneviève hoche la tête et s'apprête à quitter la pièce. Louise marque un pas anxieux derrière elle.

– Vous revenez me chercher, Madame Geneviève, n'est-ce pas ?

– Comme chaque fois, Louise.

En coulisse de la scène, Geneviève observe l'auditorium. Un écho de voix graves monte des bancs en bois et emplit la salle. Celle-ci ressemble moins à une pièce d'hôpital qu'à un musée, voire à un cabinet de curiosités. Peintures et gravures habillent murs et plafond, on y admire des anatomies et des corps, des scènes où se mélangent des anonymes, nus ou vêtus, inquiets ou perdus ; à proximité des bancs, de lourdes armoires que le temps fait craquer affichent derrière leurs portes vitrées tout ce qu'un hôpital peut garder en souvenir : crânes, tibias, humérus, bassins, bocaux par douzaines, bustes en pierre et pêle-mêle d'instruments. Déjà, par son enveloppe, cette salle fait au spectateur la promesse d'un moment singulier à venir.

Geneviève observe le public. Certaines têtes sont familières, elle reconnaît là médecins, écrivains, journalistes, internes, personnalités politiques, artistes, chacun à la fois curieux, déjà converti ou sceptique. Elle se sent fière. Fière qu'un seul homme à Paris parvienne à susciter un intérêt tel qu'il remplit chaque semaine les bancs de l'auditorium. D'ailleurs, le voilà qui apparaît sur scène. La salle se tait. Charcot impose sans trouble sa silhouette épaisse et sérieuse face à ce public de regards fascinés. Son profil allongé rappelle l'élégance et la dignité des statues grecques. Il a le regard précis et impénétrable du médecin qui, depuis des années, étudie, dans leur plus profonde vulnérabilité, des femmes rejetées par leur famille et la société. Il sait l'espoir qu'il suscite chez ces aliénées. Il sait que tout Paris connaît son nom. L'autorité lui a été accordée, et il l'exerce désormais avec la conviction qu'elle lui a été donnée pour une raison : c'est son talent qui fera progresser la médecine.

– Messieurs, bonjour. Merci d'être présents. Le cours qui va suivre est une démonstration d'hypnose sur une patiente atteinte d'hystérie sévère. Elle a seize ans. Depuis qu'elle est à la Salpêtrière, en trois ans nous avons recensé chez elle plus de deux cents attaques d'hystérie. La mise sous hypnose va nous permettre de recréer ces crises et d'en étudier les symptômes. À leur tour, ces symptômes nous en apprendront plus sur le processus physiologique de l'hystérie. C'est grâce à des patientes comme Louise que la médecine et la science peuvent avancer.

Geneviève esquisse un sourire. Chaque fois qu'elle le regarde s'adresser à ces spectateurs avides de la démonstration à venir, elle songe aux débuts de l'homme dans le service. Elle l'a vu étudier, noter, soigner, chercher, découvrir ce qu'aucun n'avait découvert avant lui, penser comme aucun n'avait pensé jusqu'ici. À lui seul, Charcot incarne la médecine dans toute son intégrité, toute sa vérité, toute son utilité. Pourquoi idolâtrer des dieux, lorsque des hommes comme Charcot existent ? Non, ce n'est pas exact : aucun homme comme Charcot n'existe. Elle se sent fière, oui, fière et privilégiée de contribuer depuis près de vingt ans au travail et aux avancées du neurologue le plus célèbre de Paris.

Babinski introduit Louise sur scène. Submergée par le trac dix minutes plus tôt, l'adolescente a changé de posture : c'est désormais les épaules en arrière, la poitrine gonflée et le menton relevé qu'elle s'avance vers un public qui n'attendait qu'elle. Elle n'a plus peur : c'est son moment de gloire et de reconnaissance. Pour elle, et pour le maître.

Geneviève connaît chaque étape du rituel. D'abord, le pendule qu'on balance doucement devant le visage de Louise, son regard bleu immobile, le diapason qu'on fait retentir, une fois, et la jeune fille qui tombe en arrière, son corps léthargique rattrapé de justesse par deux internes. Les yeux clos, Louise se soumet à la moindre demande, effectue des gestes simples pour commencer, lève le bras, tourne sur elle-même, plie une jambe en petit soldat obéissant. Puis elle pose selon les requêtes, joint les deux mains pour prier, lève la tête en suppliant le ciel, imite le crucifiement. Graduellement, ce qui paraissait être une simple démonstration d'hypnose progresse vers le grand spectacle, « *la phase des grands mouvements* », annonce Charcot. Désormais, Louise est à terre, on ne lui ordonne plus rien. Seule, elle s'agite, plie ses bras, ses jambes, jette son corps de gauche à droite, se tourne sur le dos, sur le ventre, ses pieds et ses mains se contractent jusqu'à ne plus bouger, son visage se tord entre douleur et jouissance, des souffles rauques ponctuent ses contorsions. Quiconque d'un peu superstitieux croirait à une possession démoniaque, d'ailleurs certains dans l'assemblée effectuent un discret signe de croix… Puis une convulsion ultime la ramène sur le dos, ses pieds nus et sa tête prennent appui sur le sol et poussent le reste de son corps en hauteur, jusqu'à former un arc de cercle du cou aux genoux. Sa chevelure sombre balaye la poussière sur l'estrade, le dos en U inversé craque sous l'effort. Finalement, au terme d'une crise qu'on lui a imposée, elle s'effondre dans un bruit sourd sous les regards abasourdis.

C'est avec des patientes comme Louise que la médecine et la science peuvent avancer.

En dehors des murs de la Salpêtrière, dans les salons et les cafés, on imagine ce à quoi peut bien ressembler le service de Charcot, dit le « service des hystériques ». On se représente des femmes nues qui courent dans les couloirs, se cognent le front contre le carrelage, écartent les jambes pour accueillir un amant imaginaire, hurlent à gorge déployée de l'aube au coucher. On décrit des corps de folles entrant en convulsion sous des draps blancs, des mines grimaçantes sous des cheveux hirsutes, des visages de vieilles femmes, de femmes obèses, de femmes laides, des femmes qu'on fait bien de maintenir à l'écart, même si on ne saurait dire pour quelle raison exactement, celles-ci n'ayant commis ni offense ni crime. Pour ces gens que la moindre excentricité affole, qu'ils soient bourgeois ou prolétaires, songer à ces aliénées excite leur désir et alimente leurs craintes. Les folles les fascinent et leur font horreur. Leur déception serait certaine s'ils venaient faire un tour dans le service en cette fin de matinée.

Dans le large dortoir, les activités quotidiennes s'exécutent dans le calme. Des femmes passent la serpillière entre et sous les lits métalliques ; d'autres font une brève toilette au gant au-dessus d'une bassine d'eau froide ; quelques-unes sont couchées, accablées de fatigue et de pensées, ne désirant converser avec personne ; certaines brossent leurs cheveux, parlent seules à voix basse, observent par la fenêtre la lumière tomber sur le parc où un peu de neige résiste encore. Elles sont de tous âges, de treize à soixante-cinq ans, elles sont brunes, blondes ou rousses, minces ou épaisses, vêtues et coiffées comme elles le seraient à la ville, se meuvent avec pudeur ; loin de l'ambiance dépravée qui se fantasme en dehors, le dortoir ressemble plus à une maison de repos qu'à une aile dédiée aux hystériques. C'est en y regardant d'un peu plus près que le trouble survient : on remarque une main refermée et tordue, un bras contracté et ramené contre la poitrine ; on voit des paupières qui s'ouvrent et se referment avec la cadence des battements d'ailes d'un papillon ; certaines paupières sont tout simplement fermées d'un côté, et c'est un œil seulement qui vous dévisage. Tout son de cuivre ou de diapason a été proscrit, sans quoi certaines s'effondrent sur place en pleine catalepsie. L'une bâille sans s'arrêter ; l'autre est en proie à des mouvements incontrôlés ; on croise des regards abattus, absents ou plongés dans une mélancolie des plus profondes. Puis, de temps à autre, la fameuse crise d'hystérie vient secouer le dortoir au sein duquel un calme temporaire flottait : un corps de femme, sur un lit ou à terre, se plie, se contracte, lutte contre une force invisible, se débat, se cambre, se tord, tente d'échapper à son sort sans y parvenir. Alors on se presse autour d'elle, un interne applique deux doigts contre les ovaires, et la compression finit par calmer la folle. Dans les cas les plus sévères, un tissu imbibé d'éther vient lui couvrir le nez : les paupières se referment, et la crise cesse.

Loin d'hystériques qui dansent nu-pieds dans les couloirs froids, seule prédomine ici une lutte muette et quotidienne pour la normalité.

Près de l'un des lits, des femmes se sont attroupées autour de Thérèse et l'observent tricoter un châle. Une jeune femme, coiffée d'une couronne tressée, s'approche de celle qu'on surnomme la Tricoteuse.

– C'est pour moi celui-ci, hein, Thérèse ?

– J'l'ai promis à Camille.

– Ça fait des semaines que tu m'en dois un.

– J't'ai offert un châle y a deux semaines que t'as pas aimé, Valentine. T'attends maintenant.

– Mauvaise !

La jeune femme s'éloigne du groupe d'un air vexé ; elle ne fait plus attention à sa main droite qui se tord nerveusement, ni à sa jambe prise de secousses régulières.

De son côté, Geneviève, accompagnée d'une autre interne, aide Louise à reprendre place dans son lit. La jeune fille, affaiblie, trouve encore la force de sourire.

– J'ai été bien, Madame Geneviève ?

– Comme d'habitude, Louise.

– Le docteur Charcot est content de moi ?

– Il sera content quand on t'aura soignée.

– J'les voyais me regarder, tous… J'vais être aussi connue qu'Augustine. Hein ?

– Repose-toi maintenant.

– J'vais être la nouvelle Augustine… Tout Paris va parler de moi…

Geneviève remonte la couverture sur le corps épuisé de l'adolescente, dont le visage blême s'endort en souriant.

La nuit est tombée sur la rue Soufflot. Le Panthéon, berceau d'illustres noms honorés au sein d'une pierre épaisse, veille en hauteur sur le jardin du Luxembourg endormi en bas de la rue.

Au sixième étage d'un immeuble, une fenêtre est ouverte. Geneviève observe la rue calme, délimitée à sa gauche par la silhouette solennelle du monument aux grands hommes, à sa droite par le jardin aux statues où promeneurs, amants et enfants viennent dès le matin longer les allées verdoyantes et les pelouses en fleurs.

Rentrée du service en début de soirée, Geneviève a suivi son rituel quotidien. D'abord, elle a déboutonné sa blouse blanche ; a vérifié machinalement si celle-ci ne présentait pas de tache, du sang le plus souvent, avant de l'accrocher à une petite armoire ; puis a effectué sa toilette sur le palier, où elle croise parfois les autres habitantes du même étage, une mère et sa fille de quinze ans, toutes deux blanchisseuses, seules depuis la mort du mari pendant la Commune. Rentrée dans son studio modeste, elle a réchauffé un potage qu'elle a avalé sans bruit, assise sur le rebord du lit simple, éclairée par une lampe à huile ; puis elle est venue s'attarder dix minutes à la fenêtre comme chaque soir. Maintenant, immobile et droite comme si elle portait encore son étroite blouse de service, elle observe la rue en hauteur, aussi imperturbable qu'un guetteur en haut de son phare. Ce n'est pas par contemplation face aux lumières de la rue, ni par rêverie – elle n'a pas ce romantisme-là ; elle use seulement de ce moment de paix pour enterrer sa journée passée entre les murs hospitaliers. Elle ouvre la fenêtre et laisse s'échapper dans le vent tout ce qui l'accompagne du matin au soir – les mines tristes et ironiques, les parfums d'éther et de chloroforme, les claquements de talons contre le carrelage, les échos des plaintes et des gémissements, le grincement des lits sous les corps agités. Elle se distancie du lieu seulement ; elle ne songe pas aux aliénées. Celles-ci ne l'intéressent pas. Aucun sort ne l'émeut, aucune histoire ne la trouble. Depuis l'incident à ses débuts d'infirmière, elle a renoncé à voir les femmes derrière les patientes. Souvent, le souvenir lui revient. Elle revoit la crise monter chez cette internée qui ressemblait à sa sœur, son visage transformé, ses deux mains attrapant son cou et le serrant avec un acharnement de damnée. Geneviève était jeune ; elle pensait que pour aider, il lui fallait s'attacher. Deux infirmières étaient intervenues pour la libérer des mains de celle en qui elle avait placé sa confiance et son empathie. Le choc fut une leçon. Les vingt années suivantes passées auprès d'aliénées continuèrent de valider son sentiment. La maladie déshumanise ; elle fait de ces femmes des marionnettes à la merci de symptômes grotesques, des poupées molles entre les mains de médecins qui les manipulent et les examinent sous tous les plis de leur peau, des bêtes curieuses qui ne suscitent qu'un intérêt clinique. Elles ne sont plus des épouses, des mères ou des adolescentes, elles ne sont pas des femmes qu'on regarde ou qu'on considère, elles ne seront jamais des femmes qu'on désire ou qu'on aime : elles sont des malades. Des folles. Des ratées. Et son travail consiste au mieux à les soigner, au pire à les maintenir internées dans des conditions décentes.

Geneviève referme la fenêtre, saisit sa lampe à huile et s'assoit face à sa console en bois sur laquelle elle dépose la lampe. Dans cette chambre où elle vit depuis son arrivée à Paris, le seul luxe qu'on trouve est un poêle qui réchauffe doucement la pièce. Rien n'a changé depuis vingt ans. Aux quatre coins, c'est le même lit simple, la même armoire renfermant deux robes de ville et une robe de chambre, la même cuisinière à charbon et la même console avec chaise qui constitue son petit espace d'écriture. Une tapisserie rose que le temps a jaunie et l'humidité gonflée par endroits offre les seules couleurs de la pièce autrement meublée de bois sombre. Le plafond, voûté, fait machinalement baisser la tête par endroits lorsqu'elle se déplace.

Elle saisit une feuille, trempe sa plume dans l'encrier, et commence à écrire :

Paris, le 3 mars 1885,

Ma chère sœur,

Voici quelques jours que je n'ai pas écrit, j'espère que tu ne m'en tiendras pas rigueur. Les aliénées étaient particulièrement agitées cette semaine. Il suffit qu'une seule entre en crise pour que les autres suivent. La fin de l'hiver leur fait souvent cet effet-là. Le ciel de plomb au-dessus de nos têtes des mois durant ; le dortoir glacé que les poêles ne parviennent pas à chauffer convena-

blement – sans parler des affections hivernales : tout ceci atteint sévèrement leurs esprits, tu t'en doutes. Heureusement, nous avons eu les premiers rayons de soleil de la saison aujourd'hui. Et avec le bal de la mi-carême qui arrive dans deux semaines – oui, déjà – cela devrait les calmer. D'ailleurs, nous allons très bientôt ressortir les costumes de l'an dernier. Cela ravivera un peu leur humeur, et celle des internes par la même occasion.

Le docteur Charcot a donné un nouveau cours public aujourd'hui. La petite Louise, cette fois encore. La pauvre folle s'imagine déjà avoir le même succès qu'Augustine. Je devrais lui rappeler que cette dernière a tellement joui de son succès qu'elle a fini par s'enfuir de l'hôpital – dans des vêtements d'homme, qui plus est ! Elle a été bien ingrate. Après tout ce que nous, et surtout le docteur Charcot, avons fait comme effort pour la soigner. Une aliénée l'est à vie, je te l'ai toujours dit.

Mais la séance s'est bien déroulée. Charcot et Babinski ont pu recréer une belle crise, le public était satisfait. L'auditorium était rempli, comme chaque vendredi. Le docteur Charcot mérite son succès. Je n'ose imaginer les découvertes qu'il fera encore. Chaque fois, cela me ramène à moi – petite Auvergnate, simple fille de médecin de campagne, et qui aujourd'hui assiste le plus grand neurologue de Paris. Je te le confie, cette pensée gonfle mon cœur de fierté et d'humilité.

La date de ton anniversaire approche. Je tâche de ne pas y penser, cela me donne trop de chagrin. Encore à ce jour, oui. Tu dois me trouver sotte, mais les années n'y font rien. Tu me manqueras toute ma vie.
Ma tendre Blandine. Il me faut aller dormir. Je te serre dans mes bras, et t'embrasse affectueusement.

Ta sœur qui pense à toi, où que tu sois.

Geneviève relit la lettre avant de la plier ; elle l'insère dans une enveloppe sur laquelle elle annote en haut à droite « *3 mars 1885* ». Elle se lève et ouvre les portes de l'armoire. Plusieurs boîtes rectangulaires sont rangées au pied des robes qui pendent. Geneviève saisit la boîte au-dessus des autres. À l'intérieur, une centaine d'enveloppes, datées en haut à droite comme celle qu'elle tient en main. De son index, elle examine la date de l'enveloppe en tête de file – « *20 février 1885* » – et insère la nouvelle enveloppe devant celle-ci.

Elle repose le couvercle sur la boîte, la remet à sa place et referme les portes de l'armoire.

2

Le 20 février 1885

La neige tombe depuis trois jours. Dans l'espace, les flocons imitent la forme de rideaux de perles. Une couche blanche et craquante s'est allongée sur les trottoirs et les jardins, s'accrochant aux fourrures et au cuir des bottines qui la foulent.

Autour de la table du souper, les Cléry ne font plus attention aux flocons qui tombent paisiblement derrière les portes-fenêtres et atterrissent sur le tapis blanc du boulevard Haussmann. Les cinq membres de la famille, concentrés sur leurs assiettes, découpent la viande rouge que le domestique vient de servir. Au-dessus des têtes, des moulures habillent le plafond ; autour, des meubles et des tableaux, des objets en marbre et en bronze, des lustres et des bougeoirs composent cet appartement bourgeois parisien. C'est un début de soirée habituel : les couverts tintent contre les assiettes en porcelaine ; les pieds des chaises craquent sous les mouvements de leurs occupants ; le feu crépite dans la cheminée, que le domestique vient entretenir au pic en fer, de temps à autre.

Dans le silence, la voix patriarcale finit par s'élever.

– J'ai reçu Fochon aujourd'hui. L'héritage de sa mère l'a peu satisfait. Il espérait obtenir le château en Vendée, mais c'est sa sœur qui en a hérité. Sa mère ne lui cède que l'appartement rue de Rivoli. Maigre héritage en consolation !

Le père n'a pas levé les yeux de son assiette. Maintenant qu'il a parlé, les autres peuvent prendre la parole. Eugénie jette un coup d'œil à son frère face à elle, qui maintient la tête penchée sur son plat. Elle saisit l'opportunité.

– Il se dit à Paris que Victor Hugo est très affaibli. En sais-tu quelque chose, Théophile ?

Son frère lève des yeux étonnés vers elle en mastiquant sa viande.

– Pas plus que toi.

Le père regarde à son tour sa fille. Il ne remarque pas ses yeux pétillants d'ironie.

– Où entends-tu cela, à Paris ?

– Auprès des marchands de journaux. Dans les cafés.

– Je n'apprécie pas que tu traînes dans les cafés. Cela fait mauvais genre.

– Je m'y rends seulement pour lire.

– Quand bien même. Et ne mentionne pas le nom de cet homme dans cette maison. Il est tout sauf un républicain, contrairement à ce que certains peuvent défendre.

La jeune fille de dix-neuf ans retient un sourire. Si elle ne provoquait pas son père, celui-ci ne daignerait même pas lui adresser un regard. Elle sait que son existence n'intéressera le patriarche que lorsqu'un parti de bonne famille, c'est-à-dire une famille d'avocats ou de notaires, comme la leur, souhaitera l'épouser. Ce sera alors la seule valeur qu'elle aura aux yeux de son père – la valeur d'épouse. Eugénie imagine sa colère lorsqu'elle lui avouera qu'elle ne souhaite pas se marier. Sa décision est prise depuis longtemps. Loin d'elle une vie comme celle de sa mère, assise à sa droite – une vie confinée entre les murs d'un appartement bourgeois, une vie soumise aux horaires et aux décisions d'un homme, une vie sans ambition ni passion, une vie sans voir autre chose que son reflet dans le miroir – à supposer qu'elle s'y voie encore –, une vie sans but autre que de faire des enfants, une vie avec pour seule préoccupation de choisir sa toilette du jour. Voilà, c'est tout ce qu'elle ne souhaite pas. Autrement, elle souhaite tout le reste.

À gauche de son frère, sa grand-mère paternelle lui confie un sourire. Le seul membre de la famille qui la voie vraiment, telle qu'elle est : confiante et fière, pâle et brune, le front intelligent et l'œil attentif, l'iris gauche marqué d'une tache sombre, observant tout et notant tout en silence – surtout, l'urgence de ne pas se sentir limitée, ni dans son savoir ni dans ses aspirations – une urgence telle qu'elle lui tord parfois l'estomac.

Le père Cléry regarde Théophile qui mange toujours avec appétit. Lorsqu'il s'adresse à son fils aîné, le ton paternel s'adoucit.

– Théophile, as-tu pu étudier les nouveaux ouvrages que je t'ai donnés ?

– Pas encore, j'ai un peu de lecture en retard. Je m'y mets dès mars.

– Tu commences comme clerc à l'étude dans trois mois, je veux que tu aies fini de réviser tout ce que tu as.

– Ce sera fait. Tant que j'y pense, je serai absent demain après-midi. Je me rends à un salon-débat. Il y aura le fils Fochon, d'ailleurs.

– Ne mentionne pas l'héritage de son père, au risque de l'accabler. Mais certainement : va faire travailler ton esprit. La France a besoin d'une jeunesse réfléchie.

Eugénie lève le visage vers son père.

– Lorsque vous évoquez une jeunesse réfléchie, vous parlez des garçons et des filles, n'est-ce pas, papa ?

– Je te l'ai déjà dit : la place des femmes n'est pas en public.

– Il est triste d'imaginer un Paris fait seulement d'hommes.

– Cesse, Eugénie.

– Les hommes sont trop sérieux, ils ne savent pas s'amuser. Les femmes savent être sérieuses, mais elles savent rire également.

– Ne me contredis pas.

– Je ne vous contredis pas : nous discutons. C'est justement ce que vous encouragez Théophile et ses amis à faire demain…

– Suffit ! Je te l'ai déjà dit, je refuse l'insolence sous mon toit. Tu peux quitter la table.

Le père fait claquer ses couverts contre l'assiette et défie Eugénie du regard. Ses nerfs à vif attisent les poils de ses favoris et de l'épaisse moustache qui dessinent son visage. Son front et ses tempes ont rougi. Ce soir, Eugénie aura au moins réussi à susciter une émotion.

La jeune femme pose ses couverts au creux de l'assiette et sa serviette sur la table. Elle se lève, salue l'assemblée d'un mouvement de tête sous le regard accablé de sa mère et amusé de sa grand-mère, puis quitte la salle à manger, non mécontente de ce remue-ménage.

– Tu ne pouvais vraiment pas t'en empêcher ce soir, n'est-ce pas ?

La nuit est tombée. Dans l'une des cinq chambres de l'appartement, Eugénie tape les coussins et les oreillers ; derrière elle, en chemise de nuit, sa grand-mère attend qu'elle finisse de préparer son lit.

– Il fallait bien que nous nous amusions un peu. Ce dîner était d'une tristesse sans nom. Asseyez-vous, grand-mère.

Elle saisit la main ridée de la vieille femme et l'aide à s'asseoir sur son lit.

– Ton père a été contrarié jusqu'au dessert. Tu devrais ménager son humeur. Je dis cela pour toi.

– Ne vous inquiétez pas pour moi. Je ne peux pas tomber plus bas dans l'estime de papa.

Eugénie soulève les jambes nues et maigres de sa grand-mère et l'aide à se glisser sous la couverture.

– Vous avez froid ? Je rajoute un couvre-lit ?

– Non, ma chérie, tout va bien.

La jeune femme s'accroupit devant le visage bienveillant de celle qu'elle borde chaque soir. Ce regard bleu lui fait du bien ; son sourire, lorsqu'il soulève ses rides et plie ses yeux pâles, est le plus tendre qui soit. Eugénie l'aime plus que sa propre mère ; peut-être, en partie, parce que sa grand-mère l'aime plus que sa propre fille.

– Ma petite Eugénie. Ta plus grande qualité sera ton plus grand défaut : tu es libre.

La main sort de sous la couverture pour caresser les cheveux bruns de sa petite-fille, mais celle-ci ne la regarde plus : son attention s'est fixée vers autre chose. Eugénie observe le coin de la chambre. Ce n'est pas la première fois qu'elle s'immobilise sur un point invisible. Ces moments ne durent jamais trop longtemps pour être véritablement inquiétants ; est-ce une idée, un souvenir qui lui traverse l'esprit, et qui semble la troubler profondément ? Ou est-ce comme cette fois, alors qu'elle avait douze ans, où Eugénie avait juré voir quelque chose ? La vieille femme tourne la tête dans la même direction que sa petite-fille : dans le coin de la chambre, une commode, un vase de fleurs et quelques livres.

– Qu'y a-t-il, Eugénie ?

– Rien.

– Vois-tu quelque chose ?

– Non, rien.

Eugénie revient à elle et caresse la main de sa grand-mère en souriant.

– Je suis fatiguée, c'est tout.

Elle ne va pas lui répondre que oui, elle voit quelque chose – quelqu'un, plutôt. Que cela fait un moment qu'elle ne l'a pas vu d'ailleurs, et que sa présence l'a surprise, même si elle le sentait arriver. Elle le voit depuis qu'elle a douze ans. Il venait de mourir deux semaines avant son anniversaire. Toute la famille était réunie dans le salon ; c'est là qu'il lui était apparu pour la première fois. Eugénie s'était exclamée : « Regardez, grand-père est là, il est assis sur le fauteuil, regardez ! », convaincue que les autres le voyaient aussi – et plus on la contredisait, plus elle insistait, « Grand-père est là, je le jure ! », jusqu'à ce que son père la réprimande si durement, si violemment, qu'elle n'osa jamais plus mentionner sa présence les fois suivantes. Sa présence à lui, comme celle des autres. Car ils furent quelques-uns, après son aïeul, à lui apparaître aussi. Comme si le fait qu'elle le voie une fois avait débloqué en elle quelque chose – une sorte de passage, qu'elle situe au niveau du sternum, c'est là qu'elle le sentit –, bloqué jusqu'alors, puis ouvert d'un coup. Elle ne connaissait pas les autres qui se révélèrent à elle ; de parfaits inconnus, hommes ou femmes, de tous âges. Ils n'apparaissaient pas d'un seul coup – elle les sentait graduellement arriver : une sensation d'épuisement alourdissait ses membres, elle se sentait partir dans une sorte de demi-sommeil, comme si son énergie lui était brutalement retirée au profit d'autre chose : c'est alors qu'ils lui étaient visibles. Debout dans le salon, assis sur un lit, à côté de la table à manger, les observant dîner. Plus petite, ces visions la terrifiaient et l'isolaient dans un silence douloureux ; si elle avait pu, elle se serait jetée dans les bras de son père et aurait enfoncé son visage dans sa veste jusqu'à ce qu'il ou elle la laissât tranquille. Si confuse qu'elle fût, elle avait néanmoins une certitude : il ne s'agissait pas d'hallucinations. La sensation que ces apparitions provoquaient en elle ne lui laissait aucun doute : ces gens étaient morts, et maintenant ils venaient la voir.

Un jour, son grand-père revint et lui parla ; plus précisément, elle entendit sa voix dans sa tête, car leurs visages étaient toujours impassibles et muets. Il lui dit de ne pas avoir peur, qu'ils ne lui voulaient pas de mal, que les vivants étaient plus à redouter que les défunts ; il ajouta qu'elle avait un don, et qu'ils venaient la chercher, eux, les morts, pour une raison. Elle avait quinze ans. Mais la terreur initiale ne la quitta pas. Excepté son grand-père, dont elle avait fini par accepter les visites, elle suppliait les autres de partir lorsqu'ils lui apparaissaient, et ils s'exécutaient. Elle n'avait pas choisi de les voir. Elle n'avait pas choisi d'avoir ce « don », qui pour elle était moins un don qu'un dysfonctionnement psychique. Elle se rassurait en se disant que cela passerait, que le jour où elle quitterait le domicile paternel tout ceci disparaîtrait, qu'on ne l'embêterait plus, et qu'en attendant il lui suffisait de continuer à garder le silence, même face à sa grand-mère, car si elle venait à évoquer de nouveau un fait semblable, elle serait sur-le-champ conduite à la Salpêtrière.

Le lendemain après-midi, les chutes de neige accordent un répit à la capitale. Dans les rues blanches, des groupes d'enfants improvisent des lancers de projectiles glacés entre bancs et réverbères. Une lumière pâle, presque aveuglante, éclaire Paris.

Théophile sort de la porte cochère de l'immeuble et se dirige vers le fiacre qui attend le long du trottoir. Ses boucles rousses dépassent de sous son haut-de-forme. Il redresse son col jusqu'au menton, enfile à la hâte ses gants en cuir et ouvre la portière. D'une main, il aide Eugénie à monter. Un long manteau noir aux manches évasées et surmonté d'une capuche la protège ; deux plumes d'oie sont plantées dans son chignon – elle a peu d'affection pour les petits chapeaux en pointe fleuris qui se côtoient actuellement dans la capitale. Théophile s'approche du cocher.

– 9 boulevard Malesherbes. Et s'il vous plaît, Louis, si mon père vous interroge, j'étais seul.

Le cocher mime une bouche cousue par-dessus ses lèvres, et Théophile s'installe à son tour dans la voiture, près de sa sœur.

– Tu es toujours contrarié, mon frère ?

– Tu *es* contrariante, Eugénie.

Peu après le déjeuner, un repas toujours plus serein en l'absence du père, Théophile était allé dans sa chambre faire sa sieste quotidienne, de vingt minutes, avant de se préparer pour sortir. Il achevait de placer son haut-de-forme devant son miroir lorsqu'on avait frappé à sa porte. Quatre coups, ceux de sa sœur.

– Entre.

Eugénie avait ouvert la porte ; elle était vêtue et coiffée pour la ville.

– Tu te rends encore au café ? Papa va désapprouver.

– Non, je vais au salon-débat avec toi.

– Certainement pas.

– Pourquoi cela ?

– Tu n'es pas invitée.

– Alors, invite-moi.

– Et il n'y a que des hommes.

– Que c'est triste.

– Tu vois, tu n'as pas envie d'y aller.

– Je souhaiterais voir comment c'est, juste une fois.

– Nous sommes dans un salon, nous fumons en buvant du café et du whisky, et nous prétendons philosopher.

– Si c'est si rébarbatif que tu le décris, pourquoi t'y rends-tu ?

– C'est une bonne question. La convention sociale, je suppose.

– Laisse-moi venir.

– Je n'ai aucune intention de m'attirer les foudres de papa quand il l'apprendra.

– Tu aurais dû y penser avant d'aller fricoter avec la Lisette de la rue Joubert.

Théophile était resté pétrifié et avait fixé longuement sa sœur, qui lui avait souri :

– Je t'attends à l'entrée.

Dans le fiacre qui peine à avancer entre les tranchées de neige, Théophile paraît soucieux.

– Tu es certaine que maman ne t'a pas vue sortir ?

– Maman ne me voit jamais.

– Tu es injuste. Tout le monde dans cette famille ne conspire pas contre toi, tu sais.

– Excepté toi.

– Exactement. Je vais me joindre à papa et chercher avec lui ton futur parti. Ainsi, tu iras dans tous les salons de ton souhait et tu ne m'importuneras plus.

Eugénie regarde son frère et sourit. L'ironie est le seul trait qu'ils partagent. Si aucune affection commune ne les lie, aucune animosité ne les oppose. Ils se sentent moins frère et sœur que deux connaissances au rapport cordial, vivant sous le même toit. Eugénie aurait eu pourtant toutes les raisons de jalouser son frère – fils aîné, donc fils adoré, fils qu'on encourage à étudier, fils qu'on voit futur notaire – et elle qu'on voit future épouse. Elle a fini par comprendre que son frère subissait autant sa situation qu'elle. Théophile aussi se devait d'être à la hauteur des obligations paternelles ; lui aussi devait répondre aux attentes qu'on lui imposait ; et lui aussi devait garder secrètes ses aspirations personnelles, car si cela ne tenait qu'à lui, Théophile bouclerait sa valise et irait voyager, partout, loin surtout. Sans doute est-ce la deuxième chose qui les lie – ils n'ont pas choisi leur place. Mais à ce même égard, ils se distinguent encore : Théophile s'est résolu à sa situation ; sa sœur, elle, refuse la sienne.

Le salon bourgeois est semblable au leur. Suspendu au plafond, un lustre en cristal domine la pièce. Circulant entre les invités, un domestique propose des verres de whisky disposés sur un plateau en argent ; un autre sert les cafés dans des tasses en porcelaine.

Debout près de la cheminée ou assis sur des canapés du siècle dernier, des jeunes hommes discutent à voix basse et fument cigares ou cigarettes. La nouvelle élite parisienne, bien-pensante et conformiste. Sur les visages se lit la fierté d'être né dans la famille qu'il faut ; la nonchalance de leurs gestes révèle le privilège de n'avoir jamais eu à connaître le labeur. Pour eux, le mot valeur ne prend sens qu'au regard des tableaux qui ornent les murs et au statut social dont ils jouissent sans avoir œuvré pour l'acquérir.

Un jeune homme au sourire ironique s'approche de Théophile. Eugénie est demeurée en retrait et observe l'assemblée mondaine.

– Cléry, j'ignorais que tu serais en charmante compagnie aujourd'hui.

Théophile rougit sous ses boucles rousses.

– Fochon, je te présente ma sœur. Eugénie.

– Ta sœur ? Vous ne vous ressemblez point. Enchanté, Eugénie.

Fochon s'avance pour saisir sa main gantée ; son regard appuyé suscite chez la jeune femme un léger dégoût. Il se tourne vers Théophile.

– Ton père a-t-il mentionné l'héritage de grand-mère ?

– J'ai appris, oui.

– Papa est très vexé. Lui qui ne parlait que du château en Vendée. Mais je devrais être le plus vexé d'entre tous, la vieille femme ne m'a rien laissé. Son unique petit-fils ! Allons. Eugénie, vous buvez ?

– Un café. Sans sucre.

– Vos petites plumes d'oie sur la tête sont amusantes. Vous allez égayer notre salon aujourd'hui.

– Il vous arrive donc de rire ?

– Elle est insolente en plus ! Formidable.

Dans ces lieux feutrés, les heures passent avec une lenteur accablante. Les conversations des petits groupes se mélangent pour ne devenir qu'un écho de voix graves et monotones, entrecoupé des tintements des verres et des tasses. Les vapeurs de tabac ont formé un voile velouté et transparent qui plane au-dessus des têtes. L'alcool a ramolli les corps déjà paresseux. Eugénie, assise sur le velours moelleux d'un fauteuil, cache des bâillements derrière sa main. Son frère n'avait pas menti : seule la convention sociale peut expliquer l'intérêt de ces salons. Les débats sont moins des débats que des discours convenus, des idées apprises par cœur que ces supposés esprits instruits récitent sagement. Il s'y parle politique, évidemment – la colonisation, le président Grévy, les lois Jules Ferry –, un peu littérature et théâtre aussi, mais sans fond, ces deux domaines relevant à leurs yeux plus du divertissement que de l'enrichissement intellectuel. Eugénie entend sans véritablement écouter. Elle n'est pas tentée de bousculer un peu ce monde aux pensées étriquées, même si parfois l'envie lui prend d'intervenir, de rebondir sur une idée, de pointer les contradictions de certains propos ; mais elle connaît d'avance la réponse qu'elle susciterait : ces hommes la dévisageraient, moqueraient sa prise de parole et balayeraient d'un revers de la main son intervention, la reléguant à la place qu'elle se doit de garder. Les esprits les plus fiers ne veulent pas qu'on vienne les ébranler – surtout pas une femme. Ces hommes-là n'estiment les femmes que lorsque leur plastique est à leur goût. Quant à celles capables de nuire à leur virilité, ils se moquent d'elles, ou mieux encore, s'en débarrassent. Eugénie se souvient de ce fait divers qui remonte à une trentaine d'années : une prénommée Ernestine aspirait à s'émanciper de son rôle d'épouse en prenant des cours de cuisine auprès de son cousin chef cuisinier, espérant elle-même un jour être derrière les fourneaux d'une brasserie ; son mari, ébranlé dans son rôle dominant, l'avait fait interner à la Salpêtrière. Nombre d'histoires depuis le début du siècle font écho à celle-ci et se racontent dans les cafés parisiens ou les rubriques faits divers des journaux. Une femme s'emportant contre les infidélités de son mari, internée au même titre qu'une va-nu-pieds exposant son pubis aux passants ; une quarantenaire s'affichant au bras d'un jeune homme de vingt ans son cadet, internée pour débauche, en même temps qu'une jeune veuve, internée par sa belle-mère, car trop mélancolique depuis la mort de son époux. Un dépotoir pour toutes celles nuisant à l'ordre public. Un asile pour toutes celles dont la sensibilité ne répondait pas aux attentes. Une prison pour toutes celles coupables d'avoir une opinion. Depuis l'arrivée de Charcot il y a vingt ans, il se dit que l'hôpital de la Salpêtrière a changé, que seules les véritables hystériques y sont internées. Malgré ces allégations, le doute subsiste. Vingt ans n'est rien, pour changer des mentalités ancrées dans une société dominée par les pères et les époux. Aucune femme n'a jamais la totale certitude que ses propos, son individualité, ses aspirations ne la conduiront pas entre ces murs redoutés du treizième arrondissement. Alors, elles font attention. Même Eugénie, dans son audace, sait que toutes les lignes ne sont pas à franchir – surtout pas au sein d'un salon rempli d'hommes influents.

– … Mais cet homme était un hérétique. Ses livres devraient être brûlés !

– Ce serait lui accorder trop d'importance.

– C'est une mode, il tombera dans l'oubli. D'ailleurs, qui aujourd'hui connaît vraiment son nom ?

– Vous parlez de celui qui défend l'existence des fantômes ?

– Des « Esprits ».

– Un fou !

– Cela va à l'encontre de toute logique de prétendre que l'esprit survit à la matière. Cette affirmation nie toutes les lois biologiques !

– Et, indépendamment de ces lois, si les Esprits existaient, pourquoi ne se manifesteraient-ils pas plus souvent ?

– Vérifions ! Je mets au défi les Esprits présents dans cette pièce, si tant est qu'il y en ait, de faire tomber un livre ou de bouger un tableau !

– Mercier, cesse. Si absurde cela soit-il, je n'aime pas les plaisanteries à ce sujet.

Eugénie s'est redressée sur son fauteuil ; le cou tendu

vers l'assemblée, elle écoute pour la première fois depuis son arrivée ce qui est en train de se dire.

– C'est non seulement absurde, mais c'est dangereux. Avez-vous lu *Le Livre des Esprits* ?

– Pourquoi irions-nous perdre notre temps avec ces fables ?

– Pour bien critiquer il faut s'informer. Je l'ai lu, et je vous assure que certains propos blessent profondément mes plus intimes croyances chrétiennes.

– Qu'as-tu à faire des dires d'un homme qui prétend communiquer avec les défunts ?

– Il ose affirmer qu'il n'existe ni paradis ni enfer. Il minimise l'interruption de grossesse, prétextant qu'un fœtus est dénué d'âme !

– Blasphème !

– De telles pensées mériteraient la corde !

– Quel est le nom de cet homme dont vous parlez ?

Eugénie s'est levée de son fauteuil ; un domestique s'approche d'elle et lui retire la tasse vide qu'elle tient à la main. Les hommes se sont retournés et la dévisagent, surpris d'entendre cette jeune fille, jusqu'ici muette et taciturne, s'exprimer enfin. Théophile se raidit d'appréhension : sa sœur est imprévisible, et ses prises de parole ne sont jamais sans remous.

Debout derrière un canapé, cigare en main, Fochon esquisse un sourire.

– La fille aux plumes d'oie parle enfin. Pourquoi demandes-tu ? Tu ne serais pas spirite, j'espère ?

– Quel est son nom, je vous prie ?

– Allan Kardec. Et pourquoi ? Il t'intéresse ?

– Vous le décriez tous avec tant d'ardeur. Quelqu'un qui suscite autant de passions doit bien avoir vu juste quelque part.

– Ou bien il s'est grossièrement trompé.

– J'en jugerai moi-même.

Théophile se faufile entre les invités et s'approche d'Eugénie. Il la saisit par le bras et lui parle à voix basse.

– Si tu ne veux pas te faire crucifier sur place, je te conseille de partir maintenant.

Le regard de son frère est moins autoritaire qu'inquiet. Eugénie sent les visages désapprobateurs la scruter de la tête aux pieds. Elle fait un signe de tête à son frère puis quitte le salon en saluant l'assemblée. Pour la deuxième fois en deux jours, sa sortie se fait dans un silence de plomb.

3

Le 22 février 1885

– C'est beau, la neige. J'ai envie de sortir dans le parc.

L'épaule contre la vitre, Louise frotte d'un air mélancolique sa bottine contre le carrelage ; ses bras ronds sont croisés sur sa poitrine, sa bouche fait la moue. De l'autre côté de la fenêtre, une couche de neige parfaitement plate s'étend sur la pelouse du parc. Lors de fortes chutes de neige, les aliénées sont interdites de sortie. Les vêtements à disposition ne sont pas assez chauds, et les corps sont trop fragiles – la pneumonie serait attrapée sur l'instant. Et puis, les laisser s'amuser dans la neige risquerait d'exciter leurs esprits. Ainsi, chaque fois que le sol devient blanc, les déplacements sont limités au dortoir. On traîne, on parle à qui veut bien écouter, on se meut sans entrain, on joue aux cartes sans le vouloir vraiment, on observe son reflet dans la vitre, on tresse les cheveux des autres, le tout dans un ennui de plomb. Dès le réveil, la perspective de devoir traverser une journée entière accable déjà les pensées et les corps. L'absence d'horloge fait de chaque jour un moment suspendu et interminable. Entre ces murs où l'on attend d'être vue par un médecin, le temps est l'ennemi fondamental. Il fait jaillir les pensées refoulées, rameute les souvenirs, soulève les angoisses, appelle les regrets – et ce temps, dont on ignore s'il prendra un jour fin, est plus redouté que les maux mêmes dont on souffre.

– Arrête de t'plaindre, Louise, et viens t'asseoir avec nous.

Thérèse, assise sur son lit, tricote un châle sous les yeux curieux qui l'entourent. La femme est épaisse et ridée ; ses mains un peu tordues tricotent inlassablement des mailles entre elles. On se pare de ses créations avec plaisir et fierté, comme la seule marque d'intérêt et d'affection qui vous soit accordée depuis longtemps.

Louise hausse les épaules.

– J'préfère rester à la fenêtre.

– Ça t'fait du mal, de regarder dehors.

– Non, j'ai l'impression d'avoir le parc pour moi.

Dans l'encadrement de la porte, une silhouette masculine apparaît. Immobile, le jeune interne passe en revue le dortoir et aperçoit Louise. L'adolescente le voit aussi ; elle décroise les bras, se redresse et retient un sourire. Il lui fait un signe de tête puis disparaît. Louise jette un œil autour d'elle, croise le regard désapprobateur de Thérèse, détourne les yeux et quitte le dortoir.

La porte s'ouvre sur une chambre inoccupée. Les volets sont clos. Louise referme la porte derrière elle avec précaution. Dans la pénombre de la chambre, le jeune homme l'attend debout.

– Jules...

L'adolescente se jette dans les bras qui l'enlacent. Son cœur bat dans ses tempes. La main du garçon caresse ses cheveux et sa nuque ; un frisson chatouille la peau de Louise.

– T'étais où ces derniers jours ? Je t'attendais.

– J'ai eu beaucoup de travail. D'ailleurs, je ne peux rester trop longtemps, on m'attend à un cours.

– Oh non.

– Louise, sois patiente. Bientôt, nous serons ensemble.

L'interne prend le visage de l'adolescente entre ses mains. Il caresse ses joues de ses pouces.

– Laisse-moi t'embrasser, Louise.

– Non, Jules...

– Ça me ferait plaisir. J'aurai le goût de ton baiser toute la journée.

Elle n'a pas le temps de répondre qu'il a baissé la tête et l'embrasse doucement. Il sent en elle une réticence et continue de l'embrasser, car c'est en forçant qu'on fait céder. Sa moustache caresse ses lèvres charnues. Non content de ce baiser volé, il descend sa main sur la poitrine et lui empoigne le sein. Louise le repousse d'un geste brusque et recule. Des tremblements secouent ses membres. Ne tenant plus sur ses jambes, elle fait deux pas et s'assoit sur le rebord du lit. Jules se rapproche d'un air indifférent et s'agenouille face à elle.

– Ne le prends pas comme ça, petite chérie. Je t'aime, tu le sais.

Louise ne l'entend pas. Son regard est figé. Ce sont les mains de son oncle qu'elle sent maintenant sur son corps.

Tout est parti de l'incendie rue de Belleville. Louise venait d'avoir quatorze ans. Elle dormait dans la loge avec ses parents quand le feu se déclencha au rez-de-chaussée. La chaleur des flammes les réveilla. Encore somnolente, elle sentit les bras de son père la soulever pour la faire sortir par la fenêtre. Des voisins la récupérèrent sur le trottoir. Sa tête tournait ; elle peinait à respirer. Elle s'évanouit et reprit conscience chez sa tante. « C'est nous tes parents, maintenant. » La fille ne pleura pas. Elle s'imaginait que la mort était temporaire. Ses parents allaient se remettre de leurs blessures, et ils reviendraient la chercher bientôt. Il n'y avait pas de raison d'être triste : il suffisait de les attendre.

Elle vivait désormais avec sa tante et son mari dans un logis avec mezzanine, derrière les Buttes-Chaumont. Peu de temps après le drame, sa poitrine et ses hanches avaient soudain pris forme. En moins d'un mois, la petite fille qui ne l'était plus ne rentrait plus dans la seule robe qu'elle possédait. Sa tante fut contrainte de découper et de coudre l'une de ses propres robes. « Tu la porteras pour l'été, on verra quoi te mettre pour l'hiver. » Sa tante était blanchisseuse ; son époux, ouvrier. Ce dernier n'adressait jamais la parole à Louise, mais depuis qu'elle avait mûri, elle remarquait ses yeux sombres qui l'observaient avec insistance. Elle y voyait un sentiment qu'elle ne connaissait pas mais qu'elle devinait être hors de sa portée, trop adulte pour elle encore, et cette attention inappropriée, qu'elle n'avait pas cherchée, lui causait une gêne profonde. Ses rondeurs l'incommodaient. Elle ne maîtrisait plus son corps, ni la manière dont il était perçu, dans la rue comme chez elle. Son oncle ne disait rien, ne la touchait pas ; mais elle avait du mal à dormir la nuit, comme si, par un instinct purement féminin, elle redoutait une action de sa part. Couchée sur un matelas à l'étage, sous la mezzanine, elle se réveillait au moindre craquement des marches en bois qui menaient jusqu'à son corps allongé.

L'été arriva. Louise traînait avec d'autres adolescents du quartier. Chaque jour, la petite bande tuait le temps comme elle pouvait – les pentes de Belleville étaient dévalées en courant, les sucreries d'épicerie étaient empoignées et cachées dans les poches, les cailloux étaient balancés sur les pigeons et les rats, et les après-midi étaient passés à l'ombre des arbres au parc vallonné des Buttes. Un jour d'août, où le soleil écrasait les corps et où les pavés semblaient fondre, les amis décidèrent de se rafraîchir au lac. D'autres baigneurs avaient eu cette idée, et le parc verdoyant se vit accueillir tous les habitants du quartier à la recherche d'un peu d'ombre et de fraîcheur. Dans un coin isolé, les adolescents retirèrent leurs vêtements et se mirent à l'eau en sous-vêtements. La baignade fut gaie. On oubliait la chaleur, l'ennui de l'été et l'incertitude de l'âge.

Ils restèrent dans le lac jusqu'en fin d'après-midi. Revenus sur la berge, ils aperçurent l'oncle caché derrière un arbre. Depuis combien de temps était-il là à les observer, ils l'ignoraient. Sa main épaisse et moite saisit Louise par le bras et la secoua de tout le corps en insultant son manque de pudeur. Sous les yeux effrayés de ses amis, elle fut traînée jusqu'à l'appartement ; sa robe était à peine boutonnée, ses cheveux noirs et mouillés tombaient sur ses seins qui se dessinaient sous la nuisette transparente. Passé la porte, il la poussa sur le lit où il dormait avec sa femme.

– C'est comme ça que tu t'montres en public. Tu vas voir. Tu vas apprendre.

Tombée sur le lit, Louise l'observait en train de retirer sa ceinture en cuir. Sans doute allait-il seulement la battre. Elle aurait mal, mais les blessures ne seraient que superficielles. Il jeta sa ceinture au sol. Louise hurla.

– Non ! Mon oncle, non !

Elle se releva, il la gifla, elle retomba sur le lit. Il s'allongea sur elle pour l'empêcher de bouger, arracha le tissu de sa robe, écarta ses cuisses nues et déboutonna son pantalon.

Il se forçait encore en elle, et Louise hurlait encore, quand la tante rentra et découvrit la scène. Louise tendit la main vers elle.

– Ma tante ! À l'aide, ma tante !

L'oncle se retira aussitôt, alors que sa femme se précipitait sur lui :

– Ordure ! Monstre ! Va-t'en, je veux pas de toi ce soir !

L'homme remonta à la hâte son pantalon, enfila une chemise et prit la porte. Soulagée par cette délivrance, Louise ne remarqua pas les draps et sa vulve tachés d'un sang rouge vif. Sa tante se jeta sur elle à son tour et lui administra une gifle.

– Et toi, petite traînée ! À force de l'aguicher, voilà ce qu'il arrive ! Regarde ça, tu as sali mes draps en plus. Rhabille-toi et va me les laver sur-le-champ !

Louise l'avait regardée sans comprendre ; il lui avait fallu une deuxième gifle pour qu'elle se rhabille et s'exécute.

L'oncle revint le lendemain, et le quotidien reprit comme si l'épisode avait été oublié. Louise restait désormais allongée sous la mezzanine, secouée par des convulsions qu'elle ne maîtrisait pas. Chaque fois que sa tante la sommait de descendre pour faire la vaisselle ou le ménage, l'adolescente forçait son corps plié en deux à la rejoindre. Arrivée en bas, elle vomissait immédiatement. Sa tante hurlait de plus belle, et Louise s'évanouissait. Quatre ou cinq jours passèrent ainsi. À force d'entendre les cris qui agitaient le petit immeuble, le voisin du dessous vint frapper chez eux un soir ; la tante ouvrit la porte dans une rage folle, et le voisin découvrit Louise à terre, le visage dans une flaque de vomi, le corps agité par des secousses violentes qui balançaient sa tête en arrière et ses pieds en avant. Il souleva la jeune fille et l'emmena, avec sa femme, à la Salpêtrière. Elle n'en sortit plus. C'était il y a trois ans.

Les rares fois où Louise avait mentionné l'incident par la suite, elle l'avait résumé ainsi : « *D'être grondée par tantine m'a fait plus de peine que d'être forcée par mon oncle.* »

Dans le quartier des aliénées, elle était la patiente aux crises les plus régulières et les plus sévères. Elle présentait les mêmes symptômes qu'Augustine, une ancienne internée que Charcot avait fait découvrir à Paris lors de ses cours publics – presque chaque semaine, son corps était pris de convulsions et de contractures, elle se tordait, se cambrait, s'évanouissait ; d'autres fois, assise sur son lit, son visage était saisi d'extase, elle levait les mains vers le ciel et s'adressait à Dieu, ou bien à un amant imaginaire. L'intérêt que Charcot portait à Louise, le succès des cours publics dont elle était la vedette chaque semaine l'avaient amenée à penser qu'elle était la nouvelle Augustine – et cette idée la berçait, rendait son internement et ses souvenirs moins malheureux. Et puis, depuis trois mois, il y avait Jules. Ce jeune interne l'aimait, elle l'aimait, il allait l'épouser et la sortir d'ici. Louise n'aurait plus rien à craindre : elle serait guérie et heureuse, enfin.

Dans le dortoir, Geneviève marche le long des lits soigneusement alignés, veillant à l'ordre et au calme. Elle aperçoit Louise qui revient dans la salle. Si l'intendante faisait preuve d'un peu d'empathie, elle remarquerait le regard troublé de l'adolescente et ses poings serrés contre ses hanches.

– Louise ? Où étais-tu ?

– J'avais oublié ma broche dans le réfectoire, je suis allée la chercher.

– Qui t'a donné l'autorisation de te déplacer seule ?

– C'est moi, Geneviève, vous binez pas.

Geneviève se tourne vers Thérèse : celle-ci a cessé de tricoter et la regarde d'un air tranquille. Geneviève montre une mine contrariée.

– Encore une fois, Thérèse, vous êtes internée, non interne.

– J'connais mieux le règlement d'ici que toutes vos

jeunes recrues. Louise s'est absentée même pas trois minutes. Hein, Louise ?

– Oui.

Thérèse est la seule que l'Ancienne ne peut contredire. Les deux femmes se côtoient entre les murs de l'hôpital depuis vingt ans. Les années ne les ont pas rendues familières pour autant – concept inconcevable pour Geneviève. Mais la proximité à laquelle obligent ces lieux, les épreuves morales auxquelles ils soumettent ont développé entre l'infirmière et l'ancienne putain un respect mutuel, une entente aimable, dont elles ne parlent pas mais qu'elles n'ignorent pas. Chacune a trouvé sa place et conçoit son rôle avec dignité – Thérèse, mère de cœur pour les aliénées, Geneviève, mère enseignante pour les infirmières. Entre elles a souvent lieu un échange de bons procédés : la Tricoteuse rassure ou alerte Geneviève sur une internée en particulier ; l'Ancienne renseigne Thérèse sur les avancées de Charcot et les événements à Paris. Thérèse est d'ailleurs la seule avec qui Geneviève se soit surprise à parler de sujets autres que la Salpêtrière. À l'ombre d'un arbre une journée d'été, dans un coin du dortoir un après-midi d'averse, l'aliénée et l'intendante ont parlé avec pudeur, des hommes qu'elles ne côtoient pas, des enfants qu'elles n'ont pas, de Dieu en qui elles ne croient pas, de la mort qu'elles ne redoutent pas.

Louise vient prendre place à côté de Thérèse ; elle garde les yeux rivés sur ses bottines.

– Merci, Thérèse.

– J'aime pas qu'tu fricotes avec cet interne. Il a pas d'bons yeux.

– Il va m'épouser, tu sais.

– Il t'a demandée en mariage ?

– Il va le faire au bal de la mi-carême, le mois prochain.

– Ben voyons.

– Devant toutes les filles. Et tous les invités.

– Et toi, tu crois un homme qui parle ? Ma p'tite Louise… Les hommes savent dire ce qu'il faut pour obtenir ce qu'ils veulent.

– Il m'aime, Thérèse.

– Personne n'aime une aliénée, Louise.

– Tu es jalouse parce que je vais devenir femme de médecin !

Louise s'est relevée : son cœur palpite, ses joues sont écarlates.

– Je vais sortir d'ici, je vivrai à Paris, j'aurai des enfants. Et pas toi !

– Les rêves sont dangereux, Louise. Surtout quand ils dépendent de quelqu'un.

Louise secoue la tête pour oublier ce qu'elle vient d'entendre et tourne les talons. Elle va prendre place dans son lit, s'allonge sous sa couverture et la ramène au-dessus de sa tête.

4

Le 25 février 1885

On frappe à la porte de la chambre. Assise sur son lit, ses cheveux lisses tombant sur un côté de la poitrine, Eugénie referme son livre des deux mains et le cache sous l'oreiller.

– Entrez.

Le domestique ouvre la porte.

– Votre café, mademoiselle Eugénie.

– Merci, Louis. Vous pouvez le poser là.

Le domestique s'avance à pas feutrés sur les tapis et dépose le petit plateau en argent sur la table de nuit, à côté d'une lampe à huile. De la fumée s'échappe de la cafetière ; l'odeur douce et veloutée de café chaud parfume la chambre de la jeune femme.

– Autre chose ?

– Vous pouvez aller vous coucher, Louis.

– Tâchez de dormir un peu aussi, mademoiselle.

Le domestique s'éclipse par la porte qu'il referme

sans bruit. Le reste de la maison est endormi. Eugénie verse le café dans une tasse puis retire son livre de sous l'oreiller. Depuis quatre jours, elle attend que sa famille et la ville s'endorment pour lire l'ouvrage qui la bouleverse. Il n'est pas possible de le lire tranquillement dans le salon, l'après-midi, ni dans une brasserie, en public. La couverture du livre suffirait à déclencher la panique chez sa mère et les condamnations d'anonymes.

Au lendemain du piètre salon-débat auquel elle avait assisté, et dont par chance leur père n'avait rien su, Eugénie était partie à la recherche de l'auteur dont le nom occupait son esprit depuis qu'elle l'avait entendu mentionné par le fils Fochon. Après quelques passages infructueux dans des librairies du quartier, un libraire lui avait indiqué qu'elle pouvait trouver l'ouvrage en question à un seul endroit dans Paris : chez Leymarie, au 42 rue Saint-Jacques.

Ne souhaitant pas demander à Louis de l'accompagner en fiacre, Eugénie avait décidé de braver le temps pour s'y rendre seule. Ses bottines noires foulaient le tapis de neige qui recouvrait le trottoir. Au fur et à mesure, sa vive allure et le froid rougissaient ses joues et picotaient sa peau. Un vent glacé circulait entre les boulevards et faisait baisser les têtes. Elle suivit les indications du libraire : elle longea l'église de la Madeleine, traversa la place de la Concorde et remonta le boulevard

Saint-Germain en direction de la Sorbonne. La ville était blanche ; la Seine, grise. À l'avant des calèches ralenties par la route enneigée, les cochers gardaient la moitié de leur visage enfoncé dans le col de leur manteau. Le long des quais, les bouquinistes bravaient le froid en se relayant régulièrement au bistrot de l'autre côté du trottoir. Eugénie marchait aussi vite qu'elle pouvait. Ses mains gantées ramenaient les pans de son épais manteau le plus proche possible de sa taille. Son corset la gênait horriblement. Aurait-elle su qu'elle allait parcourir une aussi longue distance, elle l'aurait laissé dans l'armoire. Cet accessoire a clairement pour seul but d'immobiliser les femmes dans une posture prétendument désirable – non de leur permettre d'être libres de leurs mouvements ! Comme si les entraves intellectuelles n'étaient pas déjà suffisantes, il fallait les limiter physiquement. À croire que pour imposer de telles barrières, les hommes méprisaient moins les femmes qu'ils ne les redoutaient.

Elle passa la porte de la modeste librairie ; la chaleur de l'endroit la saisit tout en soulageant ses membres engourdis par le froid. Ses joues étaient brûlantes. Au fond de la boutique, deux hommes étaient penchés sur des liasses de papiers ; l'un semblait avoir une quarantaine d'années, le libraire probablement ; l'autre était plus âgé, élégamment vêtu, le front dégarni, la barbe épaisse et blanche. Ils la saluèrent de concert.

À première vue, la librairie ressemblait à n'importe quelle autre : sur les étagères, des livres rares et anciens côtoyaient des publications récentes. Le mariage entre ces vieux papiers jaunis par le temps et le bois des rayonnages tanné par les années donnait au lieu un parfum qu'Eugénie aimait par-dessus tout. C'est en examinant les ouvrages de plus près que la boutique se distinguait des autres : loin des habituels romans, recueils de poésie ou essais, ici régnaient les sciences spirites et occultes, l'astrologie et l'ésotérisme, le mystique et le spirituel. Ces auteurs-là étaient allés chercher ailleurs, plus loin, là où peu osaient se rendre. Il y avait quelque chose d'intimidant à mettre un pied dans ce monde-là – comme si l'on sortait des sentiers traditionnels pour entrer dans un univers distinct, abondant et captivant, un univers caché et mis sous silence, et qui pourtant existait bel et bien. En vérité, cette librairie avait l'aspect défendu et fascinant des réalités qu'on ne mentionne pas.

– Pouvons-nous vous renseigner, mademoiselle ?

Les deux hommes l'observaient du fond de la boutique.

– Je cherche *Le Livre des Esprits*.

– Les exemplaires sont ici.

Eugénie se rapprocha. Sous d'épais sourcils blancs, les yeux plissés du vieil homme la regardaient avec curiosité et sympathie.

– C'est votre première lecture ?

– Oui.

– Vous l'a-t-on recommandé ?

– À vrai dire, non. J'ai entendu l'auteur se faire décrier par des jeunes hommes bien-pensants. Ce qui m'a donné envie de le lire.

– Voilà une anecdote qui aurait plu à mon ami.

Eugénie l'avait regardé sans comprendre, et l'homme avait ramené sa main à sa poitrine.

– Je suis Pierre-Gaëtan Leymarie. Allan Kardec était mon ami.

L'éditeur remarqua alors la tache sombre dans l'iris d'Eugénie. Il parut d'abord surpris, puis sourit.

– Je pense que ce livre saura vous éclairer sur beaucoup de choses, mademoiselle.

Eugénie ressortit troublée. L'endroit était étrange. Comme si le contenu des livres déposait entre les murs une énergie singulière. Et puis, ces deux hommes n'étaient pas de ceux qu'elle avait l'habitude de croiser à Paris. Ils avaient un autre regard – nullement un regard hostile, fanatique, mais bienveillant et attentif. Ils semblaient savoir des choses que d'autres ignoraient. D'ailleurs, l'éditeur l'avait fixée avec attention, comme s'il semblait reconnaître quelque chose en elle, même si elle ignorait exactement quoi. Elle était trop déconcertée et décida de ne pas y penser.

Elle cacha le livre sous son manteau puis reprit la route en sens inverse.

L'horloge de sa chambre indique trois heures. La cafetière est vide ; un peu de café froid subsiste au fond de la tasse. Eugénie referme le livre qu'elle vient de terminer et le garde entre ses mains. Elle demeure immobile. Dans sa chambre silencieuse, elle n'entend pas le cliquetis des secondes de l'horloge ; elle ne sent pas non plus la chair de poule qui chatouille ses bras nus et froids. C'est un moment étrange, lorsque le monde tel qu'on le pensait jusqu'ici, lorsque les certitudes les plus intimes, sont soudainement ébranlés – lorsque de nouvelles idées vous font appréhender une autre réalité. Il lui semble que jusqu'ici elle regardait dans la mauvaise direction, et que désormais on la fait regarder ailleurs, précisément là où elle aurait toujours dû regarder. Elle repense aux mots de l'éditeur, quelques jours plus tôt : « *Ce livre saura vous éclairer sur beaucoup de choses, mademoiselle.* » Elle repense aux mots de son grand-père, qui lui avait dit de ne pas craindre ce qu'elle voyait. Mais comment ne pas craindre quelque chose de si insensé, de si absurde ? Jamais il n'a été question d'envisager une autre explication : ses visions ne pouvaient être que le fruit d'un dérèglement intérieur. Voir des défunts est signe manifeste de folie. Ces symptômes-là ne vous conduisent pas chez le médecin mais à la Salpêtrière, l'évoquer auprès de quiconque assure un internement immédiat. Eugénie observe le livre entre ses mains. Il lui a fallu attendre sept ans pour que ces pages la révèlent à elle-même. Sept ans, pour ne plus se sentir la seule anormale au milieu de la foule. Pour elle, tous ces propos ont un sens : l'âme survit après la mort du corps ; ni le paradis ni le néant n'existent ; les désincarnés guident et veillent sur les hommes, comme son grand-père veille sur elle ; et certaines personnes ont la faculté de voir et d'entendre les Esprits – comme elle. Alors certes, aucun livre, aucune doctrine ne peut prétendre détenir la vérité absolue. Il n'y a que des tentatives d'explications, et des choix faits pour accepter ou non ces explications, car l'homme a naturellement besoin de faits concrets.

Les concepts chrétiens ne l'ont jamais convaincue ; elle ne niait pas la possibilité d'un Dieu, mais elle préférait croire en elle-même plutôt qu'en une entité abstraite. Elle avait du mal à envisager l'existence d'un paradis et d'un enfer éternels – la vie ressemble déjà assez à une condamnation, que cette condamnation se poursuive après la mort paraissait absurde et injuste. Alors oui : que les Esprits existent, que les hommes leur soient intimement liés ne semble pas impossible ; que la raison de l'existence sur terre soit de progresser moralement est un concept qu'elle peut concevoir ; que quelque chose subsiste après la fin de la vie corporelle est une pensée qui la rassure et ne lui fait plus redouter ni la vie ni la mort. Ses convictions n'ont jamais été aussi bouleversées, et elle n'en a jamais éprouvé un si profond, un si serein soulagement.

Elle sait enfin qui elle est.

Les jours suivants, un calme intérieur l'accompagne. Dans l'appartement familial, on s'étonne d'ailleurs de la tranquillité de la petite dernière. Les repas se déroulent sans remous ; les remarques paternelles sont prises avec un sourire. Eugénie n'a jamais été aussi sage, si bien qu'on en vient à penser, naïvement, qu'elle s'est enfin décidée à mûrir et à se trouver un parti. Le secret qu'elle porte en silence ne l'a pourtant jamais autant convaincue de son choix. Eugénie sait qu'elle n'a désormais plus rien à faire ici. Il lui faut maintenant se rapprocher de gens qui partagent ses idées. Sa place se trouve auprès d'eux. Sa voie doit se tracer au sein de cette philosophie. Sans rien laisser paraître, le changement qui s'opère en elle l'incite à réfléchir à la suite et aux démarches prochaines à entreprendre.

Au printemps, elle sera partie d'ici.

– Tu es bien sage depuis plusieurs jours, Eugénie.

Sa grand-mère est allongée sur son lit, la tête sur l'oreiller. Eugénie remonte la couverture sur son corps fragile.

– Cela devrait vous faire plaisir. Papa n'est plus de mauvaise humeur à cause de moi.

– Tu parais pensive. As-tu rencontré un garçon ?

– Heureusement, ce ne sont pas les garçons qui me rendent pensive. Voulez-vous une tisane, avant de dormir ?

– Non, ma chérie. Assieds-toi.

Eugénie s'assoit sur le rebord du lit. Sa grand-mère prend sa main entre les siennes. La lueur de la lampe à huile éclaire leurs silhouettes et les meubles de la chambre, créant des jeux d'ombres et de clair-obscur.

– Je vois bien que quelque chose te préoccupe. Tu peux m'en parler, tu le sais.

– Je ne suis pas préoccupée. Au contraire.

Eugénie lui sourit. Elle a songé, ces derniers jours, à lui confier son secret. Sa grand-mère serait sans doute la moins réticente à l'écouter, et elle respecterait ses propos sans la prendre pour une folle. L'enthousiasme qui l'anime est tentant : elle aimerait révéler ce qu'elle porte en elle, partager ce qu'elle a vu et ressenti jusqu'ici. Le silence serait un peu moins pesant, enfin elle aurait quelqu'un à qui exprimer son trouble et sa joie. Mais elle se retient. Il suffirait que sa mère passe devant la porte au moment des confidences et l'entende ; il suffirait que sa grand-mère demande à lire *Le Livre des Esprits* et le laisse traîner par mégarde. Eugénie n'a pas confiance dans les murs de cette maison. Elle dira tout à sa grand-mère, oui : mais seulement lorsqu'elle ne vivra plus ici.

Une eau de parfum se fait sentir dans la pièce. Assise auprès de la vieille femme, Eugénie reconnaît la fragrance – un parfum boisé, aux notes de figuier, ce parfum singulier qu'elle sentait contre sa chemise lorsque son grand-père prenait son corps d'enfant dans ses bras.

La respiration de la jeune fille ralentit. Graduellement, une fatigue familière envahit ses membres ; à chaque souffle qu'elle expire, son énergie s'en va un peu. Eugénie ferme les yeux, épuisée par la lourdeur qui s'abat sur son corps, puis les rouvre : il est là. Debout, face à elle, dos contre la porte fermée. Elle le voit parfaitement, aussi nettement que sa grand-mère qui la dévisage à côté d'un air surpris. Elle reconnaît ses cheveux pâles ramenés en arrière, les sillons qui creusent ses joues et son front, sa moustache bien blanche dont il roulait les extrémités ondulées entre l'index et le pouce, le col de sa chemise affublé d'un foulard, son gilet en cachemire gris-bleu assorti au pantalon chiné qui habille ses jambes longues, sa redingote pourpre habituelle. Il est immobile.

– Eugénie ?

Elle n'entend pas sa grand-mère. C'est la voix de son grand-père qui s'élève dans sa tête.

« *Le pendentif n'est pas volé. Il est dans la commode. Sous le tiroir du bas, à droite. Dis-lui.* »

Eugénie se sent secouée et tourne le visage vers sa grand-mère : celle-ci s'est redressée et tient ses deux bras de ses mains frêles.

– Mon enfant, qu'as-tu à la fin ? On croirait que Dieu te parle.

– Votre pendentif.

– Comment ?

– Votre pendentif, grand-mère.

La jeune femme se lève, saisit la lampe à huile et s'avance vers la commode en palissandre massif. Elle s'agenouille et retire un à un les six lourds tiroirs qu'elle dépose avec précaution sur le sol. Sa grand-mère s'est levée et ramène un châle sur ses épaules. Sans oser bouger, elle regarde sa petite-fille s'activer à genoux devant le meuble.

– Eugénie, explique-moi ce qui se passe. Pourquoi me parles-tu de mon pendentif ?

Les tiroirs de la commode sont retirés. Eugénie tâtonne au fond, en bas à droite, ne sent rien au début – puis son doigt effleure un trou. Un trou pas assez grand pour y glisser sa main, mais assez ouvert pour qu'un petit objet y tombe. Elle tâte la planche horizontale, vieille et abîmée, puis frappe quelques coups : celle-ci sonne creux.

– Il est en dessous. Demandez à Louis d'apporter du fil de fer.

– Eugénie, enfin…

– Je vous en prie, grand-mère, faites-moi confiance.

Le visage troublé de la vieille femme la dévisage un instant, puis elle sort de la chambre. Eugénie ne voit plus son grand-père, mais elle le sait toujours là ; son eau de parfum s'est rapprochée de la commode. Il est à côté d'elle.

« *Tu peux lui dire, Eugénie.* »

Eugénie ferme les yeux. Son corps est lourd. Elle entend sa grand-mère et Louis revenir à pas discrets dans la chambre. La porte est refermée sans bruit. Louis, sans poser de questions, tend du fil de fer à Eugénie. La jeune femme s'active, déroule du fil, forme un crochet à l'extrémité et l'introduit dans le trou de la latte. Sous celle-ci, une seconde planche, plus épaisse, et entre les deux, un espace où elle tâte doucement du crochet chaque centimètre de la surface.

Elle finit par buter sur quelque chose. Ses doigts appuient avec précaution sur le fil pour le tordre à l'horizontale ; elle entend l'embout gratter contre une chaînette. Le cœur battant, elle tente d'accrocher ce qu'elle sent contre le crochet en tournant, axant son outil de fortune autour de ce qu'elle sait être le bijou. Après plusieurs manœuvres, elle remonte le fil gris et tendu au bout duquel quelque chose s'est agrippé. Sortant du noir, revenant au grand jour, la chaînette dorée enroulée autour du crochet, et le pendentif en vermeil suspendu qu'elle tend en direction de sa grand-mère. La vieille femme, prise d'une émotion qu'elle n'avait pas ressentie depuis la mort de son époux, porte ses deux mains à sa bouche pour retenir un sanglot.

Le jour où ses grands-parents s'étaient rencontrés, lui, âgé de dix-huit ans, avait fait le serment de l'épouser, elle qui en avait seize. Avant même qu'il ne lui présente d'alliance, il avait concrétisé sa promesse en lui remettant un bijou de famille vieux de plusieurs générations – un pendentif en vermeil ovale, au contour orné de perles apposées sur un fond bleu nuit. Le centre représentait une miniature de femme puisant l'eau d'une rivière dans un vase. À l'envers du médaillon, une partie vitrée s'ouvrait, dans laquelle il avait placé une mèche de ses cheveux blonds.

Sa grand-mère l'avait accroché autour de son cou chaque matin, sans exception – depuis le jour où il le lui avait offert jusqu'à leur mariage, de la naissance de leur fils unique jusqu'à celle de leurs petits-enfants. Mais le nouveau-né qu'était Eugénie aimait attraper le pendentif de ses petites mains curieuses et l'attirer à elle. Par crainte que l'enfant ne finisse par briser le bijou, sa grand-mère l'avait rangé dans le dernier tiroir de sa commode, se disant qu'elle le remettrait une fois qu'Eugénie aurait pris un peu d'âge. La famille vivait dans le même appartement, boulevard Haussmann. Son mari et leur fils étaient notaires ; elle et sa belle-fille s'occupaient des enfants. Un après-midi où les deux femmes étaient sorties au parc Monceau avec le petit garçon et le nourrisson, le domestique nouvellement employé en avait profité pour piller tout ce qu'il avait pu dans l'appartement bourgeois – argenterie, montres, bijoux, tout ce qui brillait un tant soit peu. Rentrées en fin de journée, les femmes avaient découvert avec effroi le cambriolage. Dans le tiroir de la commode, le pendentif avait disparu. Pensant qu'il l'avait embarqué avec le reste, la grand-mère avait pleuré une semaine.

Les années suivantes, elle mentionnait régulièrement ce pendentif regretté. Elle en avait exprimé une plus profonde peine encore lorsque son époux était parti. Le pendentif n'était pas une simple parure : il était la première preuve d'amour de celui avec qui elle avait partagé sa vie.

Pourtant, l'objet était là – ignoré entre la latte et la planche inférieure de la commode dans sa chambre. Dix-neuf ans plus tôt, le domestique avait opéré son pillage avec frénésie : redoutant qu'on ne revienne dans l'appartement d'une seconde à l'autre, il ouvrait les tiroirs et les meubles avec précipitation, empoignait ce qu'il pouvait, déversait le butin dans un sac en toile et courait en haletant d'une pièce à l'autre ; dans la chambre, il avait ouvert le tiroir du bas avec une impulsivité telle qu'au choc de l'ouverture le pendentif rangé au fond avait été expulsé du tiroir et était tombé dans le trou de la latte du dessous. Il y était resté caché depuis.

La ville est endormie. Dans la chambre, Louis aide Eugénie à remettre en place les épais tiroirs de la commode. Ils ne parlent pas. Assise sur le lit, la vieille femme caresse le pendentif en l'observant.

Une fois le dernier tiroir replacé, Louis et Eugénie se relèvent.

– Merci, Louis.

– Bonne nuit, mesdames.

L'homme s'éclipse discrètement. Louis est arrivé dans la maison des Cléry quelques jours après le cambriolage. Le climat n'était pas à la confiance, et des mois durant, la famille avait scruté les moindres gestes du nouveau domestique par crainte que celui-ci ne trahisse lui aussi leur confiance. Les mois étaient devenus des années, et Louis était resté. Discret et fidèle, ni un regard ni un mot de trop, il était de ces domestiques qui confortent les bourgeois dans leur idée que certains hommes sont faits pour en servir d'autres.

Eugénie vient s'asseoir près de sa grand-mère. Dans la chambre, l'eau de parfum de son grand-père s'est dissipée. Elle pourrait le croire parti si son corps n'était encore lourd. Habituellement, chaque fois qu'ils s'en vont, Eugénie retrouve sa vitalité, comme s'ils lui rendaient l'énergie qu'ils lui avaient empruntée. Mais la même lourdeur pèse encore sur ses épaules, et elle reste assise en s'appuyant sur le rebord du lit de ses deux mains.

Dans les chambres voisines, les autres sont endormis. Par chance, le remue-ménage n'a pas réveillé le reste de la maison.

Le visage penché sur le pendentif, la vieille femme prend une longue inspiration et se décide à parler.

– Comment as-tu su ?

– J'ai eu un pressentiment.

– Cesse de mentir, Eugénie.

Eugénie s'étonne de voir ce visage en colère la dévisager. C'est la première fois qu'elle voit sa grand-mère la regarder autrement qu'avec douceur et bienveillance. Surtout, elle reconnaît là son père. L'homme et sa mère ont le même visage du reproche – celui d'une sévérité telle qu'il vous brise sur place.

– Depuis des années, je t'observe. Je ne dis rien, mais je vois : tu regardes des choses qui ne sont pas là. Tu t'immobilises comme si on te parlait par-dessus l'épaule. Tu as encore recommencé tout à l'heure, tu t'es tétanisée – puis, d'un coup, tu as retourné le meuble comme une possédée et tu as retrouvé le bijou que je pleure depuis vingt ans. Ne me dis pas qu'il s'agit juste d'un pressentiment !

– Je ne sais quoi vous dire d'autre, grand-mère.

– La vérité. Tu portes en toi quelque chose. Je suis la seule dans cette maison à te voir vraiment. Tu ne peux l'ignorer.

Eugénie a baissé les yeux. Contre ses hanches, ses doigts serrent et tordent sa jupe mauve en crêpe de laine. Elle sent l'eau de parfum revenir – comme si son grand-père s'était juste absenté un instant, le temps que l'émotion dans la chambre s'apaise, pour revenir maintenant que la conversation l'exige. Désormais, il est assis à sa droite. Elle sent sa silhouette mince et élancée, son épaule toucher presque la sienne ; elle voit ses jambes pliées sur le rebord du lit, ses mains longues et ridées posées sur ses cuisses. Elle n'ose tourner la tête et le regarder. Jamais il n'a été si près d'elle.

« Dis-lui que je veille. »

Eugénie secoue la tête avec indécision et serre plus fort le tissu de sa robe. Elle appréhende la suite. Comme une boîte qu'elle ouvrirait au grand jour et dont elle ignore quelle en sera réellement la profondeur. Ce qu'on attend d'elle n'est pas une confidence mais une confession. Sa grand-mère exige d'elle une sincérité qu'elle n'est peut-être pas prête à entendre. Mais elle ne laissera pas Eugénie sortir de la chambre sans une déclaration. Alors que dire, le vrai ou l'invention ? Souvent, la vérité ne vaut pas mieux que le mensonge. D'ailleurs, ce n'est pas entre les deux qu'on fait son choix, mais entre leurs conséquences respectives. Dans son cas, il vaudrait mieux pour Eugénie garder le silence et briser la confiance que sa grand-mère lui porte, plutôt que de faire sa révélation sous le toit familial et espérer ne pas provoquer de tempête.

Mais elle est épuisée. Ces années à refouler les visions pèsent leur poids. Tout ce qu'elle a appris récemment est un savoir bienvenu, mais aussi encombrant. Et ce soir, le pendentif retrouvé, l'insistance légitime de la vieille femme, sa fatigue ont raison d'elle. Elle regarde sa grand-mère, et c'est toute sa poitrine qui se soulève pour parler.

– C'est grand-père.

– … Que veux-tu dire ?

– Cela va vous paraître absurde, je le conçois. Mais grand-père est là. Assis à ma droite. Je ne l'imagine pas : je sens son eau de parfum, je le vois comme je vous vois, je l'entends me parler, dans ma tête. C'est lui qui m'a dit pour le pendentif. Et c'est lui qui me disait à l'instant qu'il veille sur vous.

La vieille femme, prise d'un vertige, sent sa tête partir en arrière. Eugénie saisit ses deux mains pour la ramener à elle et la regarde droit dans les yeux.

– Vous vouliez la vérité, je vous la donne. Je vois grand-père depuis que j'ai douze ans. Lui et d'autres. Des défunts. Je n'ai jamais osé parler, de crainte que papa ne me fasse interner. Je me confie à vous ce soir avec la confiance et l'amour que je vous porte, grand-mère. Vous n'aviez pas tort d'avoir vu quelque chose en moi, déjà. Toutes ces fois où vous m'avez surprise les yeux différents, je voyais quelqu'un. Je ne souffre de rien, je ne suis pas malade – car je ne suis pas seule à les voir. D'autres aussi sont comme moi.

– Mais comment… comment le sais-tu… comment est-ce même possible ?

Sans lâcher les mains fébriles de sa grand-mère, Eugénie s'agenouille devant elle. L'appréhension l'a quittée. Désormais, elle parle avec la confiance qui lui est propre, retrouve à mesure qu'elle se livre un espoir et un optimisme qui l'amènent à sourire.

– J'ai récemment lu un livre, grand-mère, un livre merveilleux. Il m'a éclairée sur tout. L'existence des Esprits, qui est loin d'être une fable, leur présence auprès de nous, l'existence de ceux qui agissent en intermédiaires, et bien d'autres choses encore... J'ignore pourquoi Dieu a voulu que je sois de ceux-là. Je porte ce secret depuis tant d'années. Ce livre m'a révélée à moi-même. J'ai enfin l'assurance que je ne suis pas folle. Me croyez-vous, grand-mère ?

Le visage de la vieille femme est pétrifié. Difficile de dire si elle voudrait fuir ce qu'elle entend ou si elle voudrait prendre sa petite-fille entre ses bras. Quant à Eugénie, la gêne succède à cette confession. On ne sait jamais vraiment si l'on a bien fait de révéler sa vérité. Ce moment d'honnêteté, soulageant sur l'instant, se mue rapidement en regret. On s'en veut de s'être confié. De s'être laissé emporter par l'urgence de dire. D'avoir placé sa confiance en l'autre. Et ce regret nous fait promettre de ne plus recommencer.

Mais Eugénie s'étonne de voir sa grand-mère se pencher vers elle et ouvrir ses bras pour l'enlacer. Son visage, appuyé contre le sien, est mouillé de larmes.

– Ma petite-fille... J'ai toujours su que tu avais quelque chose de différent des autres.

Les derniers jours de février s'écoulent sans remous. Depuis cette soirée, les deux femmes n'ont jamais reparlé de ce qui s'était passé. Comme si leur échange appartenait à cette nuit et qu'il ne devait pas être à nouveau évoqué, par crainte qu'il ne prenne véritablement forme, qu'il ne devienne concret, pour l'une comme pour l'autre. De son côté, Eugénie pensait que cette confession l'apaiserait. Mais depuis ce soir-là, un sentiment de gêne dont elle a du mal à se défaire l'accompagne. Elle ne se l'explique pas. Rien n'a pourtant changé chez sa grand-mère – ni son attitude ni son regard. La vieille femme se laisse toujours border le soir, sans poser plus de questions. Cette absence de curiosité étonne Eugénie. Elle s'imaginait que sa grand-mère aurait souhaité en savoir plus sur les visites de son époux, qu'elle aurait peut-être même demandé à lui parler, du moins à entendre ce qu'il avait à lui dire. Pourtant non. Une indifférence volontaire. Comme si elle redoutait d'en apprendre plus sur ce monde-là.

Le mois de mars est là, et les premiers rayons de soleil pénètrent dans le spacieux salon. Le bois verni des meubles, les teintes vives des tapisseries, les dorures des tableaux semblent reprendre vie sous cette lumière douce et bienvenue. À Paris, la neige a presque fondu ; on en trouve encore de petits tas sur les pelouses des parcs et le long des contre-allées. La ville semble allégée, et les visages parisiens retrouvent la gaieté sous le ciel et les avenues dégagés. Même le père Cléry, traditionnellement solennel, affiche ce matin une humeur assouplie.

– Je souhaiterais profiter de ce temps ensoleillé pour nous rendre à Meudon. Je dois y récupérer des affaires. Qu'en dis-tu, Théophile ?

– Certes…

– Et toi, Eugénie ?

Eugénie, surprise par cette interpellation cordiale, soulève la tête de sa tasse de café. La famille est réunie autour du petit déjeuner : sa mère beurre une tartine en silence ; sa grand-mère boit un thé noir qu'elle accompagne d'un sablé ; son père déguste une omelette ; seul Théophile ne touche pas à ce qui est servi à table. Il garde les yeux baissés vers sa tasse de café froid, les mains sur les cuisses et la mâchoire crispée. Derrière lui, la fenêtre laisse pénétrer un rayon de soleil qui empourpre ses boucles rousses.

Eugénie interroge son père du regard. Ce n'est pas dans les habitudes du chef de maison d'inclure sa fille dans des activités extérieures, celles-ci étant réservées à Théophile. Pourtant, en bout de table, son père la regarde avec tranquillité. Peut-être que l'absence de conflits ces derniers temps a contribué à adoucir son humeur. Peut-être que, maintenant qu'il sent sa fille devenue docile, telle qu'il l'a toujours souhaitée, il condescend à lui parler.

– Une promenade au grand air te fera le plus grand bien, Eugénie.

En face, sa grand-mère l'encourage d'un hochement de tête ; son index et son pouce soulèvent l'anse de la tasse en porcelaine. La jeune femme avait prévu de retourner chez Leymarie. Elle s'est décidée à leur demander s'ils ne cherchent pas quelqu'un pour ranger les livres dans la librairie, aider à la publication de *La Revue spirite*, même passer le balai – n'importe quoi, pourvu qu'on lui donne une issue de sortie. Son excursion devra attendre demain. Clairement, il ne lui est pas possible de refuser la proposition paternelle en expliquant qu'elle doit se rendre dans une librairie ésotérique.

– Avec plaisir, papa.

Eugénie reprend une gorgée de café. L'humeur positive de son père la surprend et lui fait plaisir. Elle ne remarque pas, à droite, sa mère qui essuie du coin de sa serviette une larme qui coule sur sa joue.

Le fiacre longe la Seine. Sur les routes, les sabots des chevaux claquent sur le pavé en cadence. Longeant les trottoirs, les hauts-de-forme et les chapeaux fleuris se défient au-dessus des têtes passantes ; les silhouettes de couples, encore drapées dans de chauds manteaux, flânent sur les quais et les ponts qui couronnent le fleuve. Derrière la vitre, Eugénie observe la ville reprendre son activité. Elle se sent apaisée. Le ciel dégagé qui surplombe les toits gris-bleu, cette sortie impromptue avec son père et son frère, la perspective de cette nouvelle vie qui l'attend de l'autre côté de la rive bercent doucement sa route. Elle a enfin trouvé sa place. Sans qu'on la lui impose. C'est une petite victoire qui l'exalte et la rassure à la fois, une victoire dont elle ne dit et ne montre rien car les victoires intérieures ne peuvent pas se partager.

Le visage tourné vers la fenêtre, elle ne remarque pas l'air soucieux de son frère, assis à sa droite. Théophile regarde lui aussi la ville. Chaque quartier qu'ils traversent les rapproche un peu plus de leur destination. À gauche, l'Hôtel de Ville vient d'être dépassé ; il distingue maintenant l'île Saint-Louis, en face ; une fois que le pont de Sully sera traversé, le véhicule longera le Jardin des Plantes et sa ménagerie d'animaux sauvages – puis ils seront arrivés. Théophile ramène son poing fermé à sa bouche et jette un coup d'œil à son père. Assis face aux deux enfants, les mains posées sur le pommeau d'une canne qu'il tient droite entre ses jambes, l'homme garde le visage baissé. Il sent le regard de son fils l'interpeller mais ne souhaite pas y répondre.

Si Eugénie était un instant sortie de ses réflexions, elle aurait remarqué l'atmosphère austère qui pèse depuis le départ dans l'espace étroit et feutré. Elle aurait surpris le visage sombre de son frère et la raideur de son père, et elle se serait étonnée qu'un simple déplacement en dehors de Paris suscite une humeur si tendue. Elle aurait aussi remarqué que Louis ne suivait pas la route habituelle, qu'au lieu de remonter vers le jardin du Luxembourg il longeait désormais le Jardin des Plantes vers le boulevard de l'Hôpital.

C'est lorsque le fiacre s'arrête soudainement qu'Eugénie sort de sa torpeur. Elle se tourne vers son père et son frère et surprend leurs regards inhabituels – un mélange de gravité et d'inquiétude. La voix de son père résonne avant qu'elle n'ait eu le temps de parler.

– Sortons, maintenant.

Troublée, Eugénie s'exécute, suivie de son frère. Le pied au sol, elle lève les yeux vers l'édifice imposant devant lequel ils se sont arrêtés. De part et d'autre de l'entrée ouverte et voûtée, deux colonnes en pierre s'élèvent sur la façade. Au-dessus, gravé dans la pierre, « Liberté, Égalité, Fraternité ». Au centre, des lettres noires apposées sur une surface blanche, en capitales : « Hôpital de la Salpêtrière ». Sous l'arcade, on distingue au loin, tout au bout d'une allée pavée, un monument plus écrasant encore, semblant engloutir tout l'espace autour de lui, au-dessus duquel s'élève un dôme ébène et solennel. Un haut-le-cœur saisit Eugénie. Sans qu'elle ait le temps de se retourner, elle sent la main de son père se refermer sur son bras.

– Ne discute pas, ma fille.

– Mon père... Je ne comprends pas.

– Ta grand-mère m'a tout raconté.

Un vertige saisit la jeune femme. Ses jambes cèdent sous son poids et elle sent une deuxième main, une main plus tendre, celle de son frère aîné, saisir son autre bras. Elle relève le visage vers son père, ouvre la bouche pour parler mais n'y parvient pas. Son père la regarde avec calme – et ce calme la terrifie plus que la virulence dont il a toujours usé à son égard.

– N'en veux pas à ta grand-mère. Elle ne pouvait pas garder ce secret pour elle.

– Je dis vrai, je vous le jure…

– Vrai ou faux m'importe peu. Les choses dont tu lui as parlé n'ont pas leur place dans notre maison.

– Je vous en supplie, mettez-moi à la porte, envoyez-moi en Angleterre, n'importe où – mais pas ici.

– Tu es une Cléry. Où que tu ailles, tu porteras notre nom. Il n'y a qu'ici que tu ne le déshonoreras pas.

– Papa !

– Suffit, maintenant !

Eugénie tourne ses yeux effrayés vers son frère ; sous ses cheveux roux, son visage n'a jamais été aussi pâle. Il serre la mâchoire et n'ose regarder sa sœur.

– Théophile…

– Pardon, Eugénie.

Derrière lui, posté sur la petite place pavée, Eugénie aperçoit Louis : assis à la place du cocher, la tête baissée, le domestique ne regarde pas la scène. La jeune femme se sent tirée vers l'enceinte de l'hôpital. Elle voudrait résister, et n'y parvient pas. Sachant la lutte inutile, son corps a déjà renoncé. Ses jambes l'abandonnent à nouveau, et les deux hommes redoublent d'efforts pour la porter. Dans un dernier élan, ses deux mains s'accrochent aux pardessus de son père et de son frère, et c'est d'une voix affaiblie, une voix à qui on a déjà retiré tout espoir, qu'elle s'exprime.

– Pas ici… Je vous en supplie… Pas ici…

Eugénie se laisse désormais traîner. Le long de l'allée centrale bordée d'arbres sans feuilles, ses bottines cognent contre les pavés. Sa tête est penchée en arrière, le chapeau à fleurs qu'elle avait choisi pour l'occasion est tombé au sol. Le visage face au ciel bleu, elle sent les rayons du soleil l'éblouir et caresser doucement ses joues.

5

Le 4 mars 1885

De l'autre côté des murs, un esprit de fête s'est emparé du dortoir : les costumes sont arrivés. Entre les lits, un remue-ménage inhabituel prend forme : on s'agite, on s'exclame, on se précipite à l'entrée du dortoir vers les cartons déjà éventrés, les mains folles plongent dans les tissus, palpent les froufrous, caressent du bout des doigts les dentelles, les visages s'émerveillent face aux couleurs des textiles, les épaules se bousculent pour choisir l'appareil de leur choix, les corps paradent avec les déguisements choisis, on glousse, on s'esclaffe – et soudain, le lieu ne ressemble plus à un hôpital d'aliénées mais à une chambre de femmes sélectionnant leur toilette pour le grand soir à venir. Chaque année, c'est la même effervescence. Le bal de la mi-carême – le « bal des folles » pour la bourgeoisie parisienne – est l'événement du mois de mars – l'événement de l'année, d'ailleurs. Durant les semaines qui précèdent, rien d'autre n'occupe les esprits. Les internées commencent à rêver de parures, d'orchestre, de valses, de lumières, de regards croisés, de cœurs gonflés, d'applaudissements ; elles songent aux invités venus pour l'occasion, l'élite parisienne ravie de pouvoir côtoyer ces folles de près, et les folles ravies d'être vues, enfin, le temps de quelques heures. L'arrivée des costumes, deux ou trois semaines avant le bal, scelle l'enthousiasme ambiant. Loin d'exciter les nerfs fragiles et instables, l'humeur n'est jamais aussi apaisée qu'à cette période. Derrière ces murs d'ennui, il y a enfin de quoi distraire l'esprit. On coud, on retouche les plis, on essaye des souliers, on cherche sa pointure, on se prête main-forte pour enfiler les robes, on improvise des défilés entre les rangées de lits, on admire sa coiffe dans le reflet des vitres, on échange des accessoires, et pendant qu'on s'attelle à tous ces préparatifs, on ignore les vieilles séniles accroupies dans un coin du dortoir, les dépressives prostrées dans leurs lits, les mornes qui ne partagent pas l'esprit de fête, les jalouses qui n'ont pas trouvé toilette à leur goût – surtout, on oublie les troubles, les douleurs physiques, les membres paralysés, les souvenirs de ceux qui nous ont amenées ici, ses propres enfants dont on ne sait plus le visage ; on oublie les pleurs des autres, les odeurs d'urine de celles qui s'oublient, les cris qui s'élèvent parfois, le carrelage froid et l'attente, interminable. La perspective de ce bal costumé tranquillise les corps et apaise les visages. Il y a enfin quelque chose à espérer.

Au milieu de l'agitation du dortoir, les infirmières se distinguent par leur habit immaculé : semblables aux pièces blanches d'un jeu d'échecs, elles se déplacent sur les dalles du carrelage de gauche à droite, en diagonale et à l'horizontale, s'assurant que l'emballement autour des costumes ne déborde pas. En retrait, droite comme la pièce maîtresse du jeu, Geneviève supervise elle aussi le bon déroulement de la distribution.

– Madame Geneviève ?

L'intendante se retourne. Derrière elle, Camille. Encore. Ses cheveux auburn mériteraient un coup de peigne. Elle devrait aussi se vêtir plus chaudement : une simple chemise de nuit transparente lui sert de tenue. Geneviève lève le doigt en signe de refus.

– Camille, c'est non.

– Un tout petit peu d'éther, Madame Geneviève. Ayez bon cœur.

Les mains de la femme tremblent. Depuis qu'on lui a traité une crise à l'éther, Camille n'a de cesse d'en réclamer. La crise était relativement violente, et rien ne semblait pouvoir l'en faire sortir. Une interne lui avait administré de l'éther à une dose un peu plus élevée que la normale. Camille avait passé cinq jours à vomir et s'évanouir – jusqu'à s'en remettre, puis en redemander.

– Louise y a eu droit, la dernière fois. Pourquoi pas moi ?

– Louise était en crise.

– Moi aussi j'ai refait des crises, et vous m'en avez pas donné !

– Tu n'en as pas eu besoin cette fois. Tu en es sortie vite.

– Un peu de chloroforme, alors ? S'il vous plaît, Madame Geneviève…

Une interne arrive à pas pressés du couloir.

– Madame Geneviève, on vous demande à l'entrée. Une nouvelle.

– Je viens. Camille, va donc choisir un costume.

– Aucun me plaît !

– Tant pis pour toi alors.

À l'entrée de l'hôpital, deux internes récupèrent le corps évanoui d'Eugénie. À côté, le père et le frère jettent brièvement un œil à ces lieux qu'ils découvrent. Ce qui surprend la première fois n'est pas tant l'espace à l'accueil, relativement étroit, mais le couloir qui fait face, et d'où arrive Geneviève – profond, interminable, immense tunnel capable de vous aspirer pour vous emmener on ne sait où. Les claquements de talons résonnent sous le plafond voûté. Au loin, des gémissements de femmes se font entendre, mais on se refuse d'y prêter une oreille plus attentive, non par indifférence, mais par faiblesse.

L'un des internes qui portent Eugénie s'adresse à Geneviève.

– On la met dans le dortoir ?

– Non. Il y a trop d'agitation. Mettez-la dans la chambre habituelle.

– Bien.

Théophile se raidit. Il regarde le corps inconscient de sa sœur, ce corps qu'il a traîné de force sous la pression de son père jusqu'à le faire s'évanouir, emporté par des inconnus le long de ce couloir sans fin, au bout de cet hôpital sans vie. Sa tête brune penchée en arrière ballotte de gauche à droite à mesure qu'on l'emporte. Il y a une heure à peine, elle déjeunait tranquillement avec eux à table ; elle ne se doutait pas que sa matinée se terminerait ici, à la Salpêtrière, comme une vulgaire folle – elle, Eugénie Cléry, sa sœur. Ils n'ont jamais été proches, non. Théophile respectait sa sœur, sans véritable affection. Mais à la voir ainsi, portée comme un sac encombrant, trompée par sa propre famille, arrachée à sa maison pour terminer dans ce lieu damné, l'enfer pour femmes au sein de Paris même, frappe en lui un coup tel qu'il n'en a jusqu'alors jamais ressenti. Pris d'une vive contraction à l'estomac, il sort en courant et laisse son père sur place. Décontenancé, ce dernier tend une main à Geneviève.

– François Cléry. Je suis le père. Excusez mon fils, j'ignore ce qui lui a pris.

– Madame Gleizes. Suivez-moi.

Dans un bureau modeste, François Cléry, assis sur une chaise, signe des papiers à la plume. Son haut-de-forme est posé sur la table. Une unique fenêtre, condamnée depuis plusieurs années, laisse pénétrer la lumière du jour ; au creux du faisceau qui traverse la pièce, de la vitre au carrelage, de la poussière tourne sur elle-même. Des moutons blancs et gris se sont entassés sous le bureau et l'armoire ouverte d'où débordent des centaines de papiers et dossiers. Une odeur de bois pourri et d'humidité habite la pièce.

– Qu'attendez-vous que nous fassions pour votre fille ?

Geneviève est assise face à lui. Elle observe l'homme qui fait aujourd'hui interner sa fille. François Cléry cesse d'écrire.

– Très sincèrement, je ne m'attends pas à ce qu'elle guérisse. Les idées mystiques ne se soignent pas.

– Votre fille a-t-elle déjà fait des crises – fièvre, évanouissements, contractures ?

– Non. Elle est normale… Seulement, comme je vous l'ai dit, elle prétend voir des défunts. Depuis des années.

– Pensez-vous qu'elle dise vrai ?

– Ma fille a ses défauts… mais ce n'est pas une menteuse.

Geneviève remarque que l'homme a la main moite. Il pose la plume sur la feuille, glisse son bras sous la table et essuie sa paume sur le tissu de son pantalon. Les boutons de son costume semblent le serrer. Sous sa moustache poivre et sel, ses lèvres tremblent. Il est rare, pour ce notaire réputé et imperturbable, d'avoir à faire un effort pour maintenir sa contenance. Les murs de cet hôpital déstabilisent quiconque y pénètre, à commencer par celui qui vient y placer sa fille, ou son épouse, ou bien sa mère. Geneviève ne compte plus les hommes qu'elle a vus s'asseoir sur cette chaise : ouvriers, fleuristes, professeurs, pharmaciens, marchands, pères, frères, époux – sans leur initiative, la Salpêtrière ne serait sans doute pas aussi peuplée. Certes, certaines femmes en ont déjà amené d'autres – des belles-mères plus que des mères, parfois des tantes. Mais la majorité des aliénées le furent par les hommes, ceux dont elles portaient le nom. C'est bien le sort le plus malheureux : sans mari, sans père, plus aucun soutien n'existe – plus aucune considération n'est accordée à son existence.

Ce qui surprend Geneviève dans ce cas particulier, c'est le milieu social de l'homme qui lui fait face. Habituellement, les bourgeois ont en horreur l'internement de leur épouse ou de leur fille. Non pas parce qu'ils ont un sens de l'éthique supérieur et qu'ils jugent immoral d'enfermer leur femme contre leur volonté. Mais un internement qui s'ébruiterait dans les salons ternirait à jamais la réputation du patriarche. Dès la moindre manifestation de désordre mental sous les lustres en cristal, les bourgeoises sont rapidement soignées et conduites dans une chambre, sous clef. Qu'un notaire vienne à la Salpêtrière faire interner sa fille est une démarche atypique.

Le père Cléry tend les papiers signés à Geneviève. Elle jette un coup d'œil aux documents, puis regarde l'homme.

– Puis-je vous poser une question ?

– Je vous en prie.

– Pourquoi faire interner votre fille, si vous n'attendez pas qu'elle soit soignée ? Nous ne sommes pas une prison. Nous œuvrons à guérir nos patientes.

Le notaire réfléchit. Il se lève de sa chaise et époussette son haut-de-forme d'un geste résolu.

– On ne converse pas avec les morts sans que le diable y soit pour quelque chose. Je ne veux pas de cela dans ma maison. À mes yeux, ma fille n'existe plus.

L'homme salue Geneviève et quitte la pièce.

La fin de journée tombe sur le parc silencieux de l'hôpital. C'est un parc comme on en trouve d'autres à Paris, avec seulement plus de femmes que la moyenne. En hiver, enveloppées dans d'épaisses laines ou des capes à capuche, elles longent les allées pavées, seules ou à deux, le pas lent et monotone, profitant d'être dehors malgré le froid qui paralyse leurs doigts. Aux beaux jours, les pelouses et les feuillages retrouvent leur éclat et leur activité. Leurs robes étalées sur l'herbe, les folles ferment les paupières face au soleil, balancent des miettes aux pigeons ; d'autres, peu enclines à nourrir ces sales bestioles, partent s'isoler au pied d'un arbre et évoquent tout ce que l'on n'ose pas énoncer dans les dortoirs. À l'abri des surveillantes, elles se confient, se consolent, s'embrassent, les mains, les lèvres, le cou, se touchent le visage, les seins, les cuisses, se laissent bercer par les piaillements des oiseaux, s'échangent des promesses pour quand elles sortiront d'ici – car ce séjour est temporaire, n'est-ce pas, leur vie ne se fera pas éternellement dans ces lieux, cela n'est pas possible, un jour les grilles noires de l'entrée s'ouvriront devant elles, et elles repartiront arpenter les trottoirs de Paris, comme avant…

À proximité des allées ombragées, une chapelle veille sur le parc et ses promeneuses. Le saint édifice s'impose en largeur et en hauteur face aux autres bâtiments de l'hôpital. Partout où l'on va, c'est sa coupole noire surmontée d'un clocheton que l'on aperçoit : au détour d'une allée, au-dessus des cimes verdoyantes, au travers d'une fenêtre, elle est là, comme si elle vous suivait, somptueuse et épaisse, chargée de prières et de confessions et de messes qui s'y disent en son sein.

Geneviève n'a jamais passé ses portes en bois pourpre. Lorsqu'elle traverse la cour pour se rendre d'un secteur à un autre, elle longe la pierre immense avec indifférence, parfois avec mépris. L'ancienne petite fille catholique, traînée de force à l'église chaque dimanche de son enfance, a toujours récité la prière avec dédain. Aussi loin qu'elle s'en souvienne, tout ce qui touchait de près ou de loin à ce lieu lui faisait horreur

– les rudes bancs en bois, le Christ mourant sur sa croix, l'hostie qu'on forçait sur sa langue, les têtes baissées des fidèles en prière, les phrases moralisatrices qu'on distillait dans les esprits comme une poudre bienfaisante ; on écoutait cet homme qui, parce qu'il arborait une toque et se tenait à l'autel, avait toute autorité sur les gens de la ville ; on pleurait un crucifié et on priait son père, identité abstraite qui jugeait les hommes sur terre. Le concept était grotesque. L'absurdité de ces parades la faisait gronder en silence. La seule chose qui empêchait cette enfant blonde et autrement sage d'exprimer sa révolte instinctive était son père. Ce médecin avait le respect de plusieurs villages alentour ; il aurait été mal vu que sa fille aînée s'oppose à se rendre à la messe. L'église tient à la campagne une place importante, bien plus qu'en ville. Dans ces villages où chacun se connaît, il n'est pas envisageable de penser différemment, ni de rester chez soi le dimanche matin. Et puis, il y avait Blandine. Sa petite sœur, de deux ans sa cadette, poupée diaphane, rousse et mince. Elle, était une véritable dévote. Tout ce que sa grande sœur exécrait en silence, Blandine l'adorait. Comme si elle avait la foi pour deux. La piété dont elle fit preuve dès son plus jeune âge avait convaincu Geneviève de garder pour elle ses sentiments contraires. Elle aimait sa jeune sœur. Elle admirait même sa dévotion, dont elle-même était incapable. Il aurait été plus simple pour elle de croire en Dieu. Elle se sentait marginale, et la rage intérieure qu'elle devait taire la fatiguait. En observant Blandine, que son amour pour Dieu paraissait rendre paradoxalement plus mature, Geneviève avait tenté de changer son esprit, d'inverser ses idées, de forcer sa croyance – mais c'était plus fort qu'elle. Non seulement elle en était incapable, mais plus elle y pensait et plus elle en était certaine : Dieu n'existait pas. L'Église était une fraude. Et les prêtres, des imposteurs.

Cette colère sourde qui l'accompagnait depuis l'enfance avait décuplé à la mort brutale de Blandine. Geneviève avait dix-huit ans. Ayant passé son adolescence à assister son père pendant ses visites médicales, sa vocation d'infirmière s'était révélée naturellement. La jeune femme était haute de taille et marchait d'un air confiant. Son visage carré et fier était surmonté d'un chignon blond qu'elle portait chaque jour. Son œil intelligent pouvait diagnostiquer précisément n'importe quelle affliction, souvent même avant son père, si bien que les patients finissaient par la réclamer elle à la place du patriarche. Elle avait lu et assimilé tous les livres de médecine à disposition dans leur maison, et c'est en eux qu'elle avait finalement trouvé sa foi. Elle croyait en la médecine. Elle adhérait à la science. Voilà où résidait sa conviction. Elle n'avait aucun doute, elle serait infirmière, mais pas en Auvergne : elle rêvait de Paris. C'était là que les grands médecins exerçaient, là que la science avançait, là où il lui fallait être. Son ambition l'avait emporté sur les réticences de ses parents, et elle avait épuisé ses économies pour monter à la capitale. Quelques mois après son arrivée, une lettre de son père l'informait de l'enterrement de Blandine, « frappée d'une terrible tuberculose ». Geneviève avait lâché la petite feuille de papier et s'était écroulée dans la modeste chambre qu'elle occupe encore aujourd'hui. Elle avait rouvert les yeux en fin de journée et avait passé la nuit à pleurer. Assurément, il n'y avait pas de Dieu. Si celui-ci existait et appliquait la justice sur terre, il ne pouvait laisser mourir une fervente de seize ans et laisser vivre une impie qui avait toujours réfuté son nom.

Depuis ce moment, Geneviève avait décidé de vouer son existence à soigner les autres et à apporter sa contribution, autant que possible, aux avancées médicales de son temps. Elle admirait les médecins, plus qu'elle n'avait jamais admiré aucun saint. Elle avait trouvé sa place auprès d'eux, une place modeste, en retrait, mais indispensable néanmoins. Son travail, sa précision, son intelligence lui avaient gagné l'estime de ces hommes. Peu à peu, sa réputation s'était faite au sein de la Salpêtrière.

Geneviève n'était pas mariée. Un jeune médecin avait demandé sa main deux ans après son arrivée à Paris, et elle l'avait refusée. Une partie d'elle était morte avec sa sœur. La culpabilité qu'elle éprouvait à être là l'empêchait d'accepter tout ce que la vie lui proposait. Elle avait le privilège d'exercer un métier qu'elle aimait ;

désirer plus aurait été arrogant. Parce que sa sœur n'avait pas eu la possibilité de devenir épouse et mère, Geneviève se l'était interdit.

L'intendante introduit la clef dans la serrure. Dans la petite chambre froide et obscure, Eugénie est assise sur une chaise, de dos, à côté du lit. Ses bras sont croisés sur la poitrine ; ses cheveux bruns et fins tombent le long de son dos. Elle fixe sans bouger un coin de la chambre. L'ouverture de la porte ne la perturbe pas. Geneviève observe un instant la nouvelle aliénée, incertaine de l'humeur de celle-ci, et s'avance pour déposer un plateau sur le lit : un bol de soupe et deux tranches de pain sec.

– Voici ton dîner. Eugénie ?

Eugénie ne bouge pas. Geneviève hésite à l'approcher, et juge plus prudent de retourner à la porte.

– Tu restes dans la chambre pour cette nuit. Demain, tu iras prendre le petit déjeuner au réfectoire. Je suis Geneviève. C'est moi qui supervise ce secteur.

Eugénie se retourne au prénom de Geneviève. Elle observe l'intendante de ses grands yeux sombres et cernés, puis esquisse un sourire tranquille.

– Vous êtes bien aimable, madame.

– Sais-tu pourquoi tu es ici ?

Eugénie fixe la femme au chignon blond qui n'ose pas trop s'éloigner de la porte. Elle réfléchit un instant, puis baisse le regard vers ses bottines.

– Je n'en veux pas à ma grand-mère. Finalement, elle m'a libérée sans le vouloir. Je n'ai plus besoin de vivre dans le secret. Tout le monde sait qui je suis, maintenant.

Geneviève garde la main sur la poignée en dévisageant la jeune femme. Elle n'a pas l'habitude d'entendre une aliénée parler de façon aussi articulée, aussi clairement. Sur la chaise, Eugénie garde les deux bras pliés sur sa poitrine, légèrement penchée en avant, comme si une soudaine fatigue l'abattait. Au bout d'un moment, la jeune femme lève de nouveau le visage vers Geneviève.

– Je ne vais pas rester longtemps ici, vous savez.

– Ce n'est pas toi qui décides.

– Je sais. C'est vous. Vous allez m'aider.

– Bien, nous viendrons te chercher demain…

– Elle s'appelle Blandine. Votre sœur.

Geneviève resserre sa main sur la poignée. Elle demeure interdite quelques secondes, puis reprend sa respiration, qui lui a échappé un instant. Eugénie l'observe calmement ; le même sourire paisible persiste sur son visage fatigué. Geneviève se raidit face à cette folle. Eugénie, dans son habit propre et distingué, un habit de fille de bonne famille, lui fait soudain penser à une sorcière – oui, cette brune aux cheveux longs est exactement ce que devaient être les sorcières d'autrefois : charismatiques et fascinantes d'apparence, vicieuses et dépravées de l'intérieur.

– Tais-toi, enfin.

– Elle est rousse, n'est-ce pas ?

Eugénie semble regarder autre chose dans la pièce obscure – elle fixe un point, juste derrière Geneviève. L'intendante sent son corps entier parcouru d'une décharge. Un tremblement saisit sa poitrine, comme si un coup de froid s'emparait d'elle, et ce tremblement empire chaque seconde jusqu'à lui secouer tout le buste et les bras. Instinctivement, dans un effort qu'elle ne maîtrise pas, ses jambes tournent sur elles-mêmes et sortent de la pièce, ses mains paniquées referment nerveusement la porte à clef, puis son corps recule de quelques pas dans le couloir vide avant de lâcher prise, et elle se laisse tomber en arrière sur le carrelage froid.

L'horloge affiche vingt et une heures lorsque Geneviève passe la porte de chez elle. Son minuscule appartement baigne dans l'obscurité. Avançant d'un pas lent, elle retire son manteau d'un geste machinal, le dépose sur le dos de la chaise et s'assoit sur son lit qui grince légèrement. Ses deux mains s'agrippent au rebord du matelas, comme si elle redoutait de s'effondrer une seconde fois.

Elle ignore précisément combien de temps il lui a fallu pour relever son corps du carrelage. Tombée en arrière, elle a fixé la porte qu'elle venait de refermer avec des yeux frappés de stupeur et d'effroi. Derrière cette porte, quelque chose de sombre et d'inexplicable venait d'avoir lieu. Elle était incapable d'analyser clairement ce qui s'était passé. L'épouvante l'avait mise à terre et l'empêchait de réfléchir calmement. Seul le visage d'Eugénie lui revenait en mémoire – ce visage captivant, qui ne laissait en rien soupçonner le vice qu'il semblait abriter. La nouvelle aliénée lui avait joué un tour, un tour habile et pervers, voilà. Elle avait voulu se moquer d'elle. Tenter de la déstabiliser, même si l'intendante ignorait comment exactement elle avait mené sa supercherie. En ce sens, elle était plus dangereuse que les autres aliénées du secteur. Celles-ci n'étaient au fond que de pauvres folles, plus perturbées que foncièrement mauvaises ; à l'inverse, Eugénie disposait d'un esprit habile et cynique. Ce mariage était dangereux.

Geneviève avait finalement trouvé la force de se relever. D'un pas sonné, elle avait quitté l'enceinte de l'hôpital endormi puis avait remonté le boulevard ; elle avait tourné à droite, apercevant la coupole du Panthéon qui s'élevait au-dessus des toits, et était redescendue lentement le long des troquets animés ; elle avait longé le Jardin des Plantes où, depuis plus de dix ans, depuis que la Commune avait forcé les Parisiens affamés à abattre les herbivores de la ménagerie pour s'alimenter de leur chair, on n'entendait plus un seul cri sauvage s'échapper des grilles du jardin ; elle était remontée par des petites rues pavées jusque derrière le Panthéon ; elle avait contourné le monument, avant d'atteindre enfin son immeuble.

Encore vêtue de sa robe de service, Geneviève s'allonge sur son lit et recroqueville ses jambes. Son corps est lourd, ses pensées confuses. Elle a beau se rassurer, quelque chose d'inhabituel, de dense, a eu lieu dans cette chambre. Jamais une émotion ne l'a envahie de cette manière. Les rares fois où ce fut le cas, elle était au moins en mesure d'analyser ce ressenti. À la mort de sa sœur, puis de sa mère, elle était endeuillée. Lorsque cette aliénée, en qui elle voyait sa sœur, l'avait un jour étranglée, elle avait éprouvé un sentiment de trahison et de tristesse. Ce soir pourtant, elle peine à définir ce qu'elle ressent. Elle sait qu'elle étouffait dans la pièce, oui. Les propos d'Eugénie, qu'elle ne s'explique pas, étaient comme une porte ouverte vers un monde inconnu, inhabituel, dérangeant. Éduquée dans le raisonnement cartésien et la logique scientifique, Geneviève n'était pas prête à voir ce que « parler aux défunts » voulait vraiment dire. Elle ne souhaite plus y penser. Elle souhaite oublier ce soir. Il faut peu de temps pour qu'elle s'endorme ; elle n'a même pas pris la peine d'allumer le poêle pour réchauffer ses murs.

La nuit est avancée lorsqu'elle se réveille brusquement. D'un mouvement instinctif, elle se redresse sur son lit et recule dos au mur. Son cœur semble sur le point de s'arrêter. Elle regarde autour d'elle la pièce opaque. On lui a touché l'épaule. Une main s'est penchée et a touché son épaule, elle en est certaine. Ses yeux s'habituent à l'obscurité et distinguent peu à peu les meubles, les ombres, le plafond. Il n'y a personne. La porte est fermée à clef. Pourtant, elle a senti.

Elle porte la main à son visage, ferme les paupières et tente de maîtriser sa respiration. Au-dehors, la ville est calme. Aucun bruit dans l'immeuble non plus. L'horloge indique deux heures du matin. Elle descend de son lit, ramène un châle sur ses épaules, allume sa lampe à huile et s'assoit face à sa console. Elle saisit une feuille, trempe la pointe de la plume dans l'encrier et se met à écrire rapidement :

Paris, le 5 mars 1885,

Ma petite sœur,

L'urgence me prend de t'écrire. Il est deux heures du matin, je ne peux dormir. Disons que si, je dormais, mais j'ai été réveillée. J'aimerais penser qu'il s'agit d'un rêve, mais la sensation qui m'est arrivée était trop concrète pour être onirique.
Tu dois te demander de quoi je parle. Je ne suis pas sûre de savoir comment t'expliquer ce que j'ai vécu aujourd'hui. L'heure est tardive, et je suis encore trop troublée pour rassembler correctement mes pensées.
Pardonne-moi si cette lettre te paraît confuse, ou folle.

Je tâcherai de te raconter plus en détail demain, à tête reposée.
Je t'embrasse affectueusement.

Ta sœur qui chérit ta pensée.

Geneviève pose sa plume et soulève sa lettre d'une main pour la relire à la lumière. Elle réfléchit un instant puis recule de sa chaise. Au-dehors, le long des toits en zinc, les silhouettes des cheminées se dessinent dans la nuit. Le ciel est dégagé ; l'aura de la lune luit sur la ville. Geneviève ouvre la fenêtre. Le froid de la nuit vient souffler sur son visage. Elle se rapproche d'un pas, ferme les yeux, puis inspire, profondément, et expire.

6

Le 5 mars 1885

Le grincement de la serrure réveille Eugénie. Dans un sursaut, son corps se redresse au pied du lit et son regard parcourt la pièce. Le temps d'une seconde, elle avait oublié qu'elle était ici. Dans cet hôpital pour folles. Une aliénée de plus parmi les autres, leurrée par sa famille, traînée ici par la main qu'enfant elle embrassait avec crainte et respect.

Elle tourne la tête vers la porte qui s'ouvre et une douleur lui saisit la nuque ; elle ramène sa main au-dessus de son épaule en grimaçant. Le lit austère, l'absence d'oreiller, la nuit agitée ont rendu son sommeil pénible et ses membres rigides.

Une silhouette de femme apparaît dans l'encadrement de la porte.

– Suis-moi.

Ce n'est pas la même infirmière qu'hier. La voix est plus jeune, avec une autorité forcée dans le ton. Eugénie repense à Geneviève. L'allure austère de l'intendante lui a rappelé celle de son père : la même humeur contenue, la même maîtrise de soi. Ce qui les distingue, c'est que son père est sévère d'instinct ; Geneviève, elle, l'est devenue. Sa personnalité rigoriste est le résultat d'un travail, non d'une nature. Eugénie l'a vu dans ses yeux. Elle l'a vu d'autant plus lorsqu'elle a mentionné le nom de sa sœur ; c'est à ce moment-là qu'elle a compris la peine que son regard supportait.

Eugénie ne s'attendait pas à voir une entité apparaître si rapidement, surtout dans ce contexte. Elle était assise, dos au lit, lorsque Geneviève était entrée dans la pièce. Au moment même où celle-ci passa la porte, Eugénie avait senti qu'elle amenait avec elle quelqu'un. Une présence prononcée, qui avait pour intention de se faire voir et entendre. Eugénie n'avait pas eu d'autre choix que de laisser la fatigue mobiliser sa personne, même si elle ne se sentait pas la force – pas déjà, pas ici, dans cette chambre qui n'était pas la sienne, dans ce lieu qui la terrifiait déjà. C'est lorsque Geneviève s'était présentée qu'elle s'était résolue à lui faire face. Derrière l'intendante, dans l'obscurité, Blandine était là, debout. Jamais Eugénie n'avait vu un Esprit aussi jeune. Avec ce visage lunaire et cette chevelure rousse, la défunte lui avait rappelé Théophile. Blandine ne dit rien d'abord, laissant Eugénie répondre à la question que lui avait posée Geneviève. Puis elle s'était exprimée :

« *Je suis sa sœur, Blandine. Dis-lui. Elle t'aidera.* »

Eugénie, penchée en avant, écoutait la voix dans sa tête et voulait rire. Cette situation était absurde. Pas plus tard que ce matin, sa vie avait basculé entre le monde libre et l'enfermement. Elle venait de passer la journée entre des murs où pénétrait à peine la lumière du jour, entre des murs où son père avait décidé de la laisser le reste de sa vie. Et maintenant, elle recevait la visite d'une nouvelle entité qui promettait de l'aider. Oui, il y avait de quoi rire – ç'aurait été un rire nerveux, maniaque, rempli d'une émotion si débordante qu'il l'aurait définitivement fait sombrer dans la folie. Heureusement, elle ne se sentait pas la force de rire, et elle se contenta de sourire. Elle ignorait si cette défunte apparaissait véritablement pour elle ou pour sa sœur, mais elle la sentait bienveillante – surtout, elle n'avait rien à perdre. Elle ne pouvait pas tomber plus bas qu'ici. Alors, elle parla. En une fraction de seconde, Geneviève se décomposa. Cela devait être beaucoup pour une femme que rien ne devait ébranler – une femme qui avait vu tous les troubles, toutes les douleurs, tous les maux qui pouvaient exister chez les autres, et qui ne l'avaient jamais affectée car elle ne l'avait jamais autorisé. Puisque cette annonce semblait l'avoir profondément bousculée, puisque Eugénie était parvenue à toucher là où personne n'était allé, peut-être qu'il y avait là, en effet, une possibilité, si incertaine fût-elle, de rallier cette femme à sa cause.

Car Eugénie n'avait pas d'autre idée en tête : elle devait sortir d'ici. Absolument.

Dans le couloir, Eugénie suit l'infirmière qui la mène au dortoir. Par-dessus la robe de service blanche, un tablier noir est serré autour de sa taille épaisse ; au-dessus de la tête, attachée aux cheveux par des barrettes, une coiffe blanche, accessoire indispensable distinguant les infirmières des aliénées. Les claquements des talons des deux femmes résonnent dans le couloir vide.

Longeant les fenêtres voûtées, Eugénie découvre les lieux extérieurs derrière les vitres. L'endroit ressemble moins à un hôpital qu'à une petite cité : des façades longues en pierre rose pâle, semblables à de modestes hôtels particuliers, constituent les secteurs. Au rez-de-chaussée et au premier étage, les fenêtres verticales laissent passer la lumière dans les couloirs et les pièces d'étage – bureaux de médecins ou salles d'examen, probablement. Au troisième palier, les fenêtres se rétrécissent en carrés, peut-être pour des chambres isolées. Au dernier étage, des lucarnes percent les toits bleu sombre et offrent une vue en hauteur sur les arbres et les pavillons. Au loin se dessine un parc tracé d'allées ; on y aperçoit des promeneurs, des femmes des villes, vêtues comme il faut, des bourgeois discutant tranquillement les mains dans le dos, comme si ce qui se passait derrière les murs d'enceinte leur importait peu ou, au contraire, excitait leur curiosité. Des arcades creusent régulièrement les bâtiments pour laisser passer calèches et diligences, et partout l'on entend contre les pavés le clappement des sabots des chevaux. À certains angles, au-dessus des toits, l'immense coupole noire d'un monument solennel surprend et intrigue.

Où que l'on regarde, aucun signe manifeste de folie. Dans les allées de la Salpêtrière, on se promène, on se rencontre, on se déplace, à pied, à cheval ; les rues, les avenues ont des noms ; les cours sont fleuries. Une telle tranquillité règne dans ce petit village qu'on aurait presque envie de s'installer dans l'une des chambres d'un pavillon et d'y faire son nid, au calme. Comment croire, face à ce décor bucolique, que la Salpêtrière ait été depuis le XVIIe siècle le théâtre de tant de souffrances ? Eugénie ne saurait ignorer l'histoire de ces murs. Pour une Parisienne, il n'existe pas pire sort que d'être envoyée au sud-est de la capitale.

Quand la dernière pierre de l'édifice avait été posée, le tri avait commencé : c'est d'abord les pauvres, les mendiantes, les vagabondes, les clochardes qu'on sélectionnait sur ordre du roi. Puis ce fut au tour des débauchées, des prostituées, des filles de mauvaise vie, toutes ces « fautives » étant amenées en groupes sur des charrettes, leurs visages exposés à l'œil sévère de la populace, leurs noms déjà condamnés par l'opinion publique. Vinrent ensuite les inévitables folles, les séniles et les violentes, les délirantes et les idiotes, les menteuses et les conspirationnistes, gamines comme vieillardes. Rapidement, les lieux s'emplirent de cris et de saleté, de chaînes et de verrous à double tour. Entre l'asile et la prison, on mettait à la Salpêtrière ce que Paris ne savait pas gérer : les malades et les femmes.

Au XVIIIe siècle, par éthique ou par manque de place, seules les femmes atteintes de troubles neurologiques furent désormais admises. On passa un coup de serpillière dans les lieux insalubres, on retira les fers des pieds des détenues et on désengorgea les cellules trop pleines. C'était sans compter la prise de la Bastille, les décapitations et l'instabilité féroce qui s'abattit sur le pays pendant plusieurs années. En septembre 1792, les sans-culottes demandèrent à libérer les prisonnières de la Salpêtrière ; la Garde nationale s'exécuta, et les femmes, trop heureuses de s'enfuir, se retrouvèrent finalement violées et exécutées à coups de hache, gourdin et masse sur le pavé des rues. Libres ou enfermées, en fin de compte, les femmes n'étaient en sécurité nulle part. Depuis toujours, elles étaient les premières concernées par des décisions qu'on prenait sans leur accord.

Le début du siècle laissa percer une lueur d'espoir : des médecins un peu plus appliqués prirent en charge le service de celles qu'on ne se lassait pas de nommer « les folles ». Des avancées médicales émergèrent ; la Salpêtrière devint un lieu de soins et de travaux neurologiques. Une toute nouvelle catégorie d'internées se forma dans les différents secteurs de l'enceinte : on les nomma hystériques, épileptiques, mélancoliques, maniaques ou démentielles. Les chaînes et les haillons laissèrent place à l'expérimentation sur leurs corps malades : les compresseurs ovariens parvenaient à calmer les crises d'hystérie ; l'introduction d'un fer chaud dans le vagin et l'utérus réduisait les symptômes cliniques ; les psychotropes – nitrite d'amyle, éther, chloroforme – calmaient les nerfs des filles ; l'application de métaux divers – zinc et aimants – sur les membres paralysés avait de réels effets bénéfiques. Et, avec l'arrivée de Charcot au milieu du siècle, la pratique de l'hypnose devint la nouvelle tendance médicale. Les cours publics du vendredi volaient la vedette aux pièces de boulevard, les internées étaient les nouvelles actrices de Paris, on citait les noms d'Augustine et de Blanche Wittman avec une curiosité parfois moqueuse, parfois charnelle. Car les folles pouvaient désormais susciter le désir. Leur attrait était paradoxal, elles soulevaient les craintes et les fantasmes, l'horreur et la sensualité. Lorsque, sous hypnose, une aliénée plongeait en crise d'hystérie devant un auditoire muet, on avait parfois moins l'impression d'observer un dysfonctionnement nerveux qu'une danse érotique désespérée. Les folles n'effrayaient plus, elles fascinaient. C'est de cet intérêt qu'était né, depuis plusieurs années, le bal de la mi-carême, leur bal, l'événement annuel de la capitale, où tous ceux qui pouvaient se vanter de détenir une invitation passaient les grilles d'un endroit autrement réservé aux malades mentales. Le temps d'un soir, un peu de Paris venait enfin à ces femmes qui attendaient tout de cette soirée costumée : un regard, un sourire, une caresse, un compliment, une promesse, une aide, une délivrance. Et pendant qu'elles espéraient, les yeux étrangers s'attardaient sur ces bêtes curieuses, ces femmes dysfonctionnelles, ces corps handicapés, et l'on parlait de ces folles des semaines après les avoir vues de près.

Les femmes de la Salpêtrière n'étaient désormais plus des pestiférées dont on cherchait à cacher l'existence, mais des sujets de divertissement que l'on exposait en pleine lumière et sans remords.

Eugénie s'est arrêtée devant une fenêtre et observe le parc et ses arbres morts. Fut un temps où des mendiantes croupissaient au fond d'une cellule et se faisaient mordre les doigts et les orteils par des rats. Fut un temps où des prisonnières avaient été libérées par centaines dans le seul but d'être abattues sauvagement à l'entrée de l'hôpital. Fut un temps où une femme adultère pouvait être enfermée pour la seule raison qu'elle était adultère. L'hôpital a aujourd'hui l'apparence apaisée. Mais les spectres de toutes ces femmes n'ont pas pour autant quitté les lieux. C'est un endroit chargé de fantômes, de hurlements et de corps meurtris. Un hôpital où les murs seuls peuvent vous faire devenir folle si vous ne l'étiez pas en arrivant. Un hôpital où derrière chaque fenêtre quelqu'un épie, quelqu'un voit ou a vu.

Eugénie ferme les yeux et inspire profondément : il lui faut partir d'ici.

Dans le dortoir, l'ambiance matinale surprend la jeune femme. Sur les lits débordent tissus et dentelles, plumes et froufrous, gants et mitaines, coiffes et mantilles. Les aliénées ont repris leurs occupations de la veille et s'activent avec entrain, cousent et raccordent les plis, paradent dans leurs costumes multicolores, font tournoyer leurs robes, se disputent un morceau de chiffon. On voit certaines rire aux éclats face au port d'un chapeau loufoque, d'autres se lamenter de ne rien trouver à leur goût. Excepté quelques indifférentes, des vieillardes ou des dépressives qui suivent le spectacle d'un œil blasé, les corps se bousculent, défilent, dansent, se frôlent dans une valse qui n'appartient qu'à elles, et le brouhaha incessant de ces voix féminines exaltées vous enivre presque, si bien qu'à première vue on se croirait moins dans un hôpital que dans un éden pour femmes.

– Tu t'assois là-bas.

Face à Eugénie, l'infirmière pointe un lit. La jeune femme baisse la tête et avance au milieu de cette foire aux costumes, à la fois étonnée et intimidée par cette animation festive au sein d'un lieu si austère. Discrètement, faisant en sorte qu'on ne la remarque pas, elle prend place entre deux lits et recule jusqu'à ce que son dos touche le mur. Le dortoir est immense. Il y a bien une centaine de femmes ici, au moins. De l'autre côté de la pièce, les fenêtres verticales donnent sur le jardin. De part et d'autre, les infirmières gardent à l'œil les aliénées sans partager l'esprit de fête qui règne dans le dortoir. Eugénie observe l'endroit avec stupéfaction et finit par croiser le regard de Geneviève. Postée au fond à gauche, cette dernière la fixe avec un dédain appuyé. Eugénie détourne les yeux et ramène ses jambes sur le matelas. Une gêne la saisit. Elle sent ses mouvements observés, analysés, comme s'il fallait absolument trouver chez elle le moindre défaut, la plus petite tare pour justifier son internement. Autour d'elle, les corps s'emballent avec enthousiasme mais on sent l'humeur fragile : un seul vacillement pourrait tout faire effondrer et déclencher une hystérie collective. L'atmosphère mi-rieuse, mi-désespérée renforce le mal-être d'Eugénie. Parmi les costumes et les coiffes, elle distingue peu à peu les bras contracturés, les visages crispés par des tics, les mines mélancoliques, les mines trop joyeuses, les jambes qui boitent sous les robes, les corps apathiques sous les draps. Un parfum rance se dégage des lieux, un mélange d'éthanol, de transpiration et de métal, qui donne envie d'ouvrir pleinement les fenêtres pour laisser entrer le parfum frais et boisé du parc. Eugénie regarde sa robe, qu'elle porte depuis hier matin : elle donnerait tout pour pouvoir rentrer chez elle, faire une toilette et dormir dans ses draps. Cette impossibilité renforce le constat de sa situation. Tout ce qui lui est familier lui a été brutalement ôté, sans son consentement, et jamais plus elle ne pourra le retrouver. Car même si elle parvenait à partir d'ici – mais comment, et surtout quand ? –, il lui serait impossible d'aller frapper chez son père. Sa vie telle qu'elle l'a connue jusqu'ici, tout ce qui la constitue, ses livres, ses vêtements, son intimité appartiennent désormais au passé. Elle n'a plus rien – elle n'a plus personne.

Ses mains s'agrippent aux draps et se contractent. Légèrement penchée en avant, elle ferme les yeux et retient un sanglot. Elle ne veut pas perdre pied – pas déjà, surtout pas devant les infirmières. L'intendante serait trop fière de la voir éclater en larmes et de la renvoyer en isolement.

Une voix enfantine lui fait rouvrir les yeux :

– T'es nouvelle ?

Louise s'est avancée près d'Eugénie. Au milieu de ce visage arrondi, les joues sont doucement rosées. Chaque année, l'approche du bal procure à la jeune adolescente une vive émotion. Tout le mois de mars, son visage reprend en éclat et en couleurs, pour à nouveau s'éteindre le reste de l'année. Comme par miracle aussi, durant cette période, les crises d'hystérie disparaissent chez elle – comme chez d'autres.

Louise tient contre sa poitrine une robe rouge à dentelles.

– Je m'appelle Louise. Je peux m'asseoir ?

– Certes. Eugénie.

Eugénie se racle la gorge pour faire passer le sanglot. Louise s'assoit et sourit. Ses épais cheveux noirs et bouclés tombent en cascades sur ses épaules. Son visage doux et juvénile, ses manières enfantines réconfortent un peu Eugénie.

– T'as choisi un costume ? Moi, c'est une robe d'Espagnole. J'ai tout ce qu'il faut, la mantille, l'éventail, les boucles d'oreilles. Elle est jolie, tu trouves pas ?

– Très.

– Et toi ?

– Moi ?

– Ton costume.

– Je n'en ai pas.

– Faut te dépêcher, dis. Le bal, c'est dans deux semaines !

– De quel bal parles-tu ?

– Enfin, le bal de la mi-carême ! T'as débarqué quand ? Tu vas voir, c'est drôlement chouette. Tout le beau Paris vient nous voir. En plus, je vais t'confier quelque chose, tu le dis pas… le soir du bal, on va me demander en mariage.

– Ah oui ?

– Jules. Un interne. Beau comme un roi. J'vais devenir sa femme, et j'vais sortir d'ici. Bientôt, je serai femme de médecin.

– Écoute pas ses sottises, la nouvelle.

Louise et Eugénie se retournent en même temps.

Assise sur le lit voisin, Thérèse tricote tranquillement un châle. Louise se redresse d'un air mécontent.

– Tais-toi ! C'est pas des sottises. Jules va m'demander en mariage.

– Nous casse pas les oreilles avec ton Jules. Y a déjà assez de bruit comme ça ici.

– C'est toi qui nous casses les oreilles avec ton crochet. C'est fatigant d'entendre tes « clic clic clic » à longueur de journée. T'as pas les doigts rouillés, à force ?

Thérèse pouffe de rire. Louise, vexée, tourne les talons et s'éloigne.

– La p'tite Louise... Elle a l'cœur qui s'emballe. C'est pire maladie que d'être folle. J'm'appelle Thérèse. On m'appelle la Tricoteuse. J'déteste ce surnom. C'est idiot.

– Eugénie.

– J'ai entendu, oui. T'es arrivée quand ?

– Hier.

Thérèse hoche la tête. Sur son lit, plusieurs pelotes de laine et quelques châles soigneusement pliés. La femme porte l'une de ses créations – un châle épais et noir, aux mailles impeccables. Thérèse doit avoir la cinquantaine, peut-être même un peu plus. Sous un foulard qui lui habille la tête, quelques cheveux gris s'échappent au-dessus du front. Sa taille épaisse et tendre, son visage bourru mais serein lui donnent un air sage et maternel. Elle semble relativement normale par rapport à d'autres femmes, même s'il faudrait savoir ce qui s'entend par normal. Plus simplement, aux yeux d'Eugénie, Thérèse ne présente pas de signe apparent d'affliction.

La jeune femme regarde ces mains épaisses tricoter avec dextérité.

– Et vous ? Quand êtes-vous arrivée ?

– Oh… J'compte plus. Mais ça fait plus d'vingt ans. Pour sûr.

– Plus de vingt ans…

– Oui, ma p'tite. Mais j'l'ai mérité. Regarde.

Thérèse pose ses accessoires de tricot et retrousse la manche droite de son gilet jusqu'à l'épaule. Sur l'extérieur du bras, dessiné à l'encre verte, abîmée par le temps, un cœur percé d'une flèche : « À MOMO ». Thérèse sourit.

– J'lai poussé dans la Seine. Mais il l'avait cherché. Ce salaud n'est même pas mort.

Thérèse ramène sa manche sur son tatouage et déplie le vêtement jusqu'au poignet. Elle reprend son tricot tranquillement.

– J'l'aimais à en crever. Personne voulait d'moi. J'étais vilaine, et boiteuse, depuis que mon ivrogne de père m'avait poussée. J'pensais qu'j'étais foutue. Et là, un jour, j'ai Maurice qui débarque. Me chante la belle vie. Me prend dans ses bras. Pas une ni deux, me v'là sur le ruban. Tous les soirs. Les baffes tombent quand j'ramène pas assez de sous, mais j'm'en fous. C'est pas pire que c'que m'mettait mon père. Et puis, j'l'aime, Maurice. Dix ans de cette vie. Pas un soir où on m'voit pas rue Pigalle. Pas un soir où j'me prends pas un coup – Momo, un client... Mais quand mon homme m'embrasse, j'oublie tout. Jusqu'au jour où j'le surprends. J'le vois monter chez la Claudette. Mon sang n'a fait qu'un tour, j'te jure. Avec tout c'que j'ai fait pour lui... J'ai attendu qu'il sorte. J'l'ai suivi, longtemps, ce saligaud marchait loin. Au pont de la Concorde, j'ai plus tenu. J'ai couru derrière lui, et j'l'ai poussé. Il pesait rien. Maigre comme un manche à balai.

Thérèse cesse de tricoter et regarde Eugénie en souriant – un sourire froid, que lui ont amené des années de résilience et de détachement.

– On m'a mis les menottes sur place. J'gueulais, j'te raconte pas. Mais j'regrette pas d'l'avoir poussé. C'que j'regrette, c'est de pas l'avoir fait plus tôt. C'est pas ses coups qui m'ont abîmée : c'est qu'il ait cessé d'm'aimer pour une autre.

– Et depuis vingt ans... on ne vous a pas laissée sortir d'ici ?

– J'ai pas envie d'sortir.

– Non ?

– Oh, non. Tu vois, j'me suis jamais sentie aussi tranquille qu'entourée de folles. Les hommes m'ont maltraitée. Mon corps est cabossé. J'boîte, ma jambe m'fait mal. J'ai des douleurs à crever chaque fois qu'je pisse. J'ai une cicatrice qui m'traverse tout le sein gauche, on a voulu me l'couper au couteau. Ici, j'suis protégée. On est entre femmes. J'tricote des châles pour les filles. J'me sens bien. Non, dehors, plus jamais. Tant qu'les hommes auront une queue, tout l'mal sur cette terre continuera d'exister.

Eugénie se sent rougir et détourne le visage. Elle n'a pas l'habitude d'entendre un langage si cru. Ce n'est pas tant le fond qui la déstabilise que la forme. Elle qui a grandi dans des lieux feutrés où la seule familiarité parfois autorisée était un éclat de rire, à l'abri de la misère et de tout un Paris qu'elle ne lisait que dans les journaux ou chez Zola, elle se retrouve désormais à côtoyer l'autre versant de la capitale – celui du nord, du maquis de Montmartre aux pentes de Belleville, là où la crasse, l'argot et les rats courent les caniveaux. Avec sa robe faite sur mesure chez un tailleur des Grands Boulevards, Eugénie se sent terriblement bourgeoise. Cette robe seule, un simple vêtement, la distingue des femmes d'ici. Elle voudrait l'enlever.

– T'es pas choquée par c'que j'dis, j'espère ?

– Non, non.

– Regarde elle, là. La dodue, avec ses deux mains ramenées sur la poitrine. Rose-Henriette. Elle était domestique chez des bourgeois. À force de s'faire harceler par l'patron, elle a fini par craquer. Vois l'autre, celle qui marche sur la pointe des pieds, Anne-Claude. Tombée dans les escaliers, elle fuyait les coups d'son mari. Et la p'tite Valentine, avec sa tresse dans les cheveux et son bras qui n'en fait qu'à sa tête : agressée par un obsédé alors qu'elle sortait d'la blanchisserie. Bon, y a pas que des femmes qui sont là à cause de gars, bien sûr. Aglaé là-bas, celle qu'est paralysée du visage, elle s'est jetée du troisième après la mort de sa p'tite. Hersilie, la môme en face qui bouge pas, c'est un chien qui l'a attaquée. Après, y en a qui ont jamais parlé, on connaît même pas leurs noms. Enfin voilà. Sacré portrait pour un premier jour, hein ?

Thérèse regarde Eugénie en continuant de tricoter. Cette jeune bourgeoise ne lui paraît pas spécialement folle, même si les plus profondes folies ne se voient pas. Thérèse se souvient de clients, les plus convenables, les plus propres au premier abord, qui une fois la porte de la studette fermée se révélaient de véritables malades. Mais la folie des hommes n'est pas comparable à celle des femmes : les hommes l'exercent sur les autres ; les femmes, sur elles-mêmes.

Oui, il y a quelque chose d'intrigant chez cette brune intimidée, pas seulement par son éducation et son milieu, qui frappent d'emblée et la séparent des autres, mais autre chose, de plus profond. Et puis, l'Ancienne ne l'observerait pas de l'autre côté de la pièce avec insistance si elle n'avait pas déjà vu quelque chose aussi.

– Et toi ? C'est quoi qui t'a amenée chez nous ?

– Mon père.

Thérèse cesse de tricoter et pose ses accessoires sur ses cuisses.

– C'est plus facile quand c'est les gendarmes qui t'conduisent ici.

Eugénie n'a pas le temps de répondre qu'un cri s'élève au milieu du brouhaha. Des robes blanches d'infirmières se précipitent au centre du dortoir, tandis que les aliénées s'écartent rapidement, certaines effrayées, d'autres agacées par les cris. Rose-Henriette, à genoux, les bras pliés sur la poitrine et les mains contractées en forme de pinces, tremble de tout son corps. Le visage penché en avant, la trentenaire secoue violemment la tête et respire à coups de cris rauques. Les infirmières ne parviennent pas à soulever ses jambes tétanisées du sol. Geneviève approche, droite et stoïque, pousse les aliénées sur son passage, sort un flacon de sa poche et imbibe un peu du contenu sur une compresse. Elle s'agenouille devant la pauvre femme qui ne remarque plus rien et applique la compresse sur son visage. Quelques secondes, et les cris se calment et le corps s'effondre dans un bruit sourd sur le plancher.

Eugénie regarde Thérèse :

– C'est plus facile de ne pas être conduite ici du tout.

La crise de panique de Rose-Henriette a jeté un vent glacé sur le dortoir, et l'après-midi s'est passé dans un silence monotone. Certaines folles ont obtenu le droit de sortir dans le parc, d'autres ont préféré rester au lit à contempler silencieusement leurs costumes et à songer au bal qui se rapproche.

Le souper a eu lieu dans le réfectoire ; comme chaque

soir, un potage et deux tranches de pain ont été servis dans le calme.

Eugénie, saisie d'une soudaine fringale, gratte à la cuillère le fond de son bol pour récupérer les dernières traces de soupe. À sa droite, une main apparaît et lui tend une serpillière. Elle reconnaît Geneviève.

– Ici, tout le monde contribue. Tu passeras la serpillière avec les autres. Viens me voir quand tu as fini. Et laisse ton bol, il n'y a plus rien dedans.

Eugénie s'exécute sans dire mot. Pendant plus d'une demi-heure, les bancs sont rangés, les bols débarrassés, lavés, séchés, le carrelage astiqué, les tables en bois nettoyées. Les serpillières et la vaisselle remises à leur place, on retourne au dortoir. Il est vingt heures.

Comme convenu, Eugénie retrouve Geneviève à l'entrée. La fatigue de la jeune fille a assombri ses cernes.

– Suis-moi.

Ces ordres donnés sèchement, sans explication, agacent Eugénie. Auparavant son père, désormais cette infirmière revêche. Va-t-on toute sa vie décider pour elle, lui indiquer la route à suivre ? La jeune femme serre la mâchoire et suit Geneviève le long du couloir par lequel elle est arrivée ce matin. Au-dehors, quelques réverbères longeant les allées scintillent dans la nuit noire.

Geneviève finit par s'arrêter devant une porte et fouille son trousseau de clefs. Eugénie reconnaît la porte de la chambre de la veille.

– Je dors à nouveau ici ?
– Oui.
– Mais on m'a désigné un lit dans le dortoir.
Geneviève introduit une clef dans la serrure et ouvre la porte :
– Entre.
Eugénie contient son énervement et pénètre dans la chambre glacée. Geneviève, comme la veille, demeure dans l'encadrement, la main sur la poignée.
– Pouvez-vous au moins m'expliquer ?
– Le docteur Babinski t'examinera demain matin. Il jugera si tu mérites de rester en isolement ou non. En attendant, je ne souhaite pas que tu fasses peur aux autres avec tes histoires de fantômes.
– Je vous prie de m'excuser si je vous ai effrayée hier.
– Tu ne m'as pas effrayée. Tu n'as pas ce pouvoir-là. Mais ne t'avise plus de parler de ma sœur. J'ignore comment tu as su son nom, et je ne veux pas le savoir.
– C'est elle qui m'a dit son nom.
– Tu te tais, maintenant. Ça n'existe pas, les fantômes, tu as compris ?
– Les fantômes, non. Les Esprits, si.
Geneviève sent son cœur battre violemment et tente de maîtriser sa respiration. Évidemment qu'elle était effrayée hier, comme elle est effrayée à ce moment même, face à la silhouette sombre et immobile qui se tient au pied du lit. Jamais jusqu'ici une aliénée ne lui a fait perdre ses moyens. Elle sent ses certitudes s'ébran-

ler, et doit user de toute sa maîtrise pour n'en rien laisser paraître.

Elle prend une profonde inspiration et s'entend dire :

– Ton père a bien fait de t'interner.

Dans la pénombre, Eugénie reçoit le coup en silence. Geneviève regrette immédiatement sa phrase. Depuis quand cherche-t-elle à volontairement blesser une patiente ? Il n'est ni dans ses habitudes ni dans son éthique de s'en prendre aux faiblesses d'une autre. Les battements de son cœur redoublent dans sa poitrine. Il lui faut partir, maintenant, quitter cette pièce – mais elle n'y parvient pas. Elle demeure là, indécise à l'entrée de la chambre, comme si elle attendait quelque chose qu'elle n'ose pas s'avouer.

Eugénie s'assoit sur le rebord du lit et regarde la chaise où elle était assise hier. Un moment passe.

– Vous ne croyez donc pas aux Esprits, Madame Geneviève ?

– Évidemment non.

– Pourquoi cela ?

– C'est absurde. Cela va contre toute la logique de la science.

– Si vous ne croyez pas aux Esprits... pourquoi avez-vous écrit à votre sœur, toutes ces années ? Ces milliers de lettres que vous n'avez jamais envoyées. Vous lui écriviez car, quelque part, vous espériez, vous pensiez possible, au fond, qu'elle vous entende. Et elle vous entend.

Geneviève s'appuie au mur de l'autre main pour résister à un vertige.

– Je dis cela ni pour vous effrayer, ni pour me moquer de vous, madame. Je souhaite vous amener à me croire pour que vous m'aidiez à sortir.

– Mais… enfin… si tu dis vrai… si vraiment tu entends… jamais on ne te laissera sortir justement… c'est encore pire !

Eugénie s'est relevée et s'avance vers Geneviève.

– Vous voyez bien que je ne suis pas folle. Vous ignorez qu'il existe à Paris toute une société spirite, des gens de science, des chercheurs, qui œuvrent à démontrer l'évidence d'un après. Je voulais rejoindre ces gens-là, avant que mon père ne m'amène ici.

Geneviève regarde avec stupeur le visage qui lui fait face. L'honnêteté d'Eugénie l'empêche de continuer à faire semblant. Soudain, toute son autorité d'usage, son stoïcisme, sa sévérité tombent à ses pieds. Délestée d'un poids qu'elle ignorait porter jusqu'ici, elle parvient à prononcer la phrase qui, depuis tout à l'heure, lui brûle les lèvres :

– Blandine… Elle est ici ? Dans la chambre ?

D'abord surprise, Eugénie se sent elle aussi délestée d'un poids – comme une première barrière soulevée, une première étape franchie vers la conscience et l'empathie de la seule femme susceptible de l'aider dans ce lieu maudit.

– Oui.

– … Où ça ?

– … Elle est assise sur la chaise.

Au fond de la pièce, à gauche, la petite chaise en bois est vide. Le vertige est trop violent pour Geneviève. Elle ramène brusquement la porte vers elle, dans un claquement si assourdissant que les vitres des fenêtres en tremblent tout le long du couloir.

7

Le 6 mars 1885

– Madame Geneviève ? Vous m'entendez ?

Une infirmière secoue doucement l'épaule de Geneviève. L'intendante ouvre les paupières ; elle s'étonne de reconnaître son bureau. À ses pieds, quelques moutons de poussière sont accrochés à sa robe. Geneviève réalise qu'elle est assise sur le parquet, dos à l'armoire, les genoux remontés contre sa poitrine. Sa nuque est douloureuse. Elle relève la tête vers l'infirmière qui l'observe d'un air inquiet.

– Vous allez bien ?

– Quelle heure est-il ?

– Huit heures, madame.

La lumière blanche d'une brume matinale pénètre dans la pièce. Geneviève porte la main à sa nuque. Le souvenir de la veille lui revient. L'entretien avec Eugénie, la porte refermée brutalement ; puis la fatigue, écrasante. Elle se sentait incapable de rentrer chez elle immédiatement. Elle décida d'aller s'asseoir dans son bureau afin de reprendre un peu de force et ses esprits. Elle traversa l'hôpital d'un pas éreinté, jusqu'à la porte de son bureau. La suite ne lui revient pas en mémoire. Il est clair qu'elle n'est pas rentrée chez elle et qu'elle a passé la nuit ici, assise sur ce sol poussiéreux, dans cette pièce où se signent chaque jour les fiches d'internement.

Geneviève relève son corps courbaturé et époussette sa robe.

– Madame... Vous avez dormi ici ?

– Évidemment non. Je suis arrivée tôt ce matin, je me suis sentie mal le temps d'un instant, voilà tout. Que fais-tu là, d'ailleurs ?

– Je suis venue chercher les fiches pour les visites médicales de ce matin...

– Ce n'est pas à toi de t'en occuper. Sors de mon bureau, tu n'as rien à faire ici.

L'infirmière baisse la tête et sort en refermant la porte derrière elle. Geneviève arpente la pièce de long en large. Ses bras sont croisés sur la poitrine, sa mine est soucieuse. Elle s'en veut de ce moment de faiblesse – qui plus est avec témoin. À la Salpêtrière, les rumeurs circulent plus vite que dans un village de province. Le moindre faux pas, la moindre attitude ambiguë attire une attention dont on se passerait bien. Elle ne peut pas se permettre qu'on la regarde avec un doute. Un autre écart suspect, et c'est elle qu'on enverra rejoindre les autres folles dans le dortoir.

Cela ne se reproduira plus. Elle a flanché, elle a été prise au piège d'une pensée tentante, celle de croire que les êtres aimés et partis demeurent près de vous – celle de croire que la fin de la vie ne peut signer la fin d'une identité, d'un être. Elle a cru à ces fables car Eugénie a su mettre le doigt sur sa peine la plus enfouie. Mais Eugénie est folle. Elle est folle, oui, et Blandine est morte. C'est ainsi qu'il faut raisonner.

Geneviève prend une inspiration profonde, saisit des papiers sur le bureau et quitte la pièce.

Eugénie pénètre dans la salle d'examen. Cinq jeunes femmes sont présentes. Debout au centre de la pièce, elles se tournent avec appréhension vers les portes battantes qui viennent de s'ouvrir, croyant à l'arrivée du médecin.

Au premier abord, la salle ressemble à une petite galerie du muséum d'histoire naturelle. Au-dessus des murs couleur ocre, des corniches à moulures longent le plafond. Près de l'entrée, le long du mur, une bibliothèque expose sur ses étagères des centaines d'ouvrages de science, de neurosciences, d'anatomie humaine et d'illustrations médicales. De l'autre côté de la salle, entre les larges fenêtres verticales qui donnent sur le parc, une armoire vitrée en bois noirci renferme flacons, fioles et liquides. Sur une table annexe, des instruments médicaux plus ou moins grands, plus ou moins sophistiqués, inconnus d'un public non scientifique. Un peu plus à l'arrière enfin, un paravent cache modestement une chaise longue. Un parfum de bois et d'éthanol flotte dans la pièce.

Personne n'aime mieux les salles d'examen que les médecins eux-mêmes. Pour ces esprits pétris de science, c'est ici que les pathologies se découvrent, que le progrès se fait. Leurs mains jouissent de faire usage d'instruments qui terrifient ceux sur qui ils s'apprêtent à les utiliser. Pour ceux-là, ceux contraints de se mettre à nu, ce lieu est fait de craintes et d'incertitudes. Dans une salle d'examen, les deux individus qui s'y trouvent ne sont plus égaux : l'un évalue le sort de l'autre ; l'autre croit la parole du premier. L'un détermine sa carrière ; l'autre détermine sa vie. Le clivage est d'autant plus prononcé lorsqu'une femme passe les portes du bureau médical. Celle-ci offre à l'examen un corps à la fois désiré et incompris par celui qui le manipule. Un médecin pense toujours savoir mieux que son patient, et un homme pense toujours savoir mieux qu'une femme : c'est l'intuition de ce regard-là qui rend aujourd'hui anxieuses les jeunes femmes attendant leur évaluation.

L'infirmière qui accompagne Eugénie lui ordonne de se joindre au groupe. Le parquet grince sous ses bottines. Les filles semblent du même âge. Ne sachant que faire de leurs mains, elles les serrent, les cachent derrière leur dos, tordent leurs doigts pendant cette attente interminable.

Face à elles, un public entièrement masculin : trois assistants sont assis derrière un bureau rectangulaire. Costumes et cravates sombres, ils s'entretiennent à voix basse en ignorant les aliénées inquiètes. Derrière eux, debout, cinq internes attendent aussi. Vêtus d'une blouse blanche, rictus aux lèvres, ils dévisagent sans pudeur les examinées du jour. Leurs regards s'attardent sur les seins, les bouches, les hanches. Leurs coudes s'apostrophent discrètement. Ils se chuchotent des vulgarités à l'oreille. À les voir ainsi remuer, Eugénie se dit qu'il faut décidément avoir vu et connu peu de femmes pour prendre autant de plaisir devant ces malades sans défense.

Elle se sent lasse. Lasse d'être ballottée d'une salle à une autre comme un simple pion. Lasse qu'on lui parle à l'impératif. Lasse de ne pas savoir où elle sera autorisée à dormir ce soir. Elle souhaiterait boire un verre d'eau, se laver avec un gant, changer sa robe. La rigidité, l'absurdité de la situation lui brisent les nerfs. Face à l'un des internes qu'elle surprend à la dévisager sournoisement, elle lance un regard d'une fureur si vive que le jeune homme s'esclaffe sous sa moustache et interpelle ses compagnons sur la bête sauvage à droite. « *Vous avez vu ce regard !* » Elle aurait pu lui sauter à la gorge si les portes battantes ne s'étaient ouvertes d'un seul coup en faisant sursauter les patientes.

Un médecin pénètre dans la salle. Ses cheveux courts et ondulés sont gominés et séparés par une raie sur le côté. Il a les paupières tombantes, rendant son regard concentré et soucieux, tout comme sa moustache, qui s'étale gracieusement sur le rebord de ses lèvres. Il salue l'assemblée de médecins et d'internes présents, puis prend place derrière le bureau. Derrière lui, Geneviève pose les fiches sur la table puis s'écarte pour demeurer debout, en retrait.

Du côté des jeunes femmes, la même interrogation chuchotée :

– C'est pas Charcot, lui ?

– Non, c'est Babinski...

– Où qu'il est, Charcot ?

– S'il est pas là, je veux pas qu'on me touche...

Babinski finit d'examiner rapidement les fiches et les remet à son voisin, Gilles de La Tourette, avant de se lever.

– Bien, nous allons commencer. Lucette Badoin ? Approchez.

Une blonde maigrichonne, perdue dans une robe trop large pour elle, avance timidement. Ses cheveux sont tressés en une natte négligée qui tombe le long de son dos. Elle relève son visage inquiet vers l'homme qui se tient face à elle.

– Monsieur, pardon mais... il est pas là, monsieur Charcot ?

– Je suis Joseph Babinski, je le remplace pour aujourd'hui.

– Encore pardon mais... je veux pas qu'on me touche.

– Je ne peux pas vous examiner, alors.

– J'autoriserai que monsieur Charcot... Personne d'autre.

La pauvre fille s'est mise à trembler. Elle se frotte les bras de ses mains et fixe le parquet. Babinski enchaîne sans affect :

– Bien, vous reviendrez les prochains jours alors. Faites-la sortir. Qui avons-nous ensuite ?

– Eugénie Cléry.

– Avancez, mademoiselle.

Eugénie fait deux pas en avant. La Tourette, resté au bureau, lit sa fiche à haute voix.

– Dix-neuf ans. Parents bien-portants, un frère aîné bien-portant aussi. Pas d'antécédents, pas de symptômes cliniques non plus. Prétend communiquer avec les défunts. Son père l'a fait interner pour spiritisme.

– C'est donc toi.

– Oui.

– Déboutonne le col de ta robe.

Eugénie jette un coup d'œil furtif à Geneviève ; celle-ci évite son regard. Geneviève n'est jamais une participante active de ces séances. La parole ici est aux médecins, à leurs assistants, et parfois aux internes. Sa place est celle du retrait silencieux, et elle la respecte.

Serrant la mâchoire, Eugénie déboutonne le col de sa robe jusqu'à sa poitrine. D'un œil froid et médical, Babinski examine alors les pupilles, la langue, le palais, la gorge, écoute la respiration, la toux, prend le pouls, vérifie les réflexes. Au fur et à mesure qu'il commente l'examen, derrière lui les plumes frottent rapidement sur le papier.

Babinski finit par regarder Eugénie d'un air intrigué.

– Tout est normal.

– Je peux rentrer chez moi, alors.

– Ce n'est pas si simple. Votre père vous a fait interner pour une raison. Est-il vrai que vous communiquez avec les Esprits ?

Le silence de la salle est complet. Tous semblent attendre une réponse satisfaisante, car tous partagent, au fond, la même curiosité. C'est encore plus palpable chez les internes. Eux qui ne jurent que par la science raffolent en vérité de ce genre de récits. Le sujet ne laisse personne indifférent. Ce qui touche à l'au-delà excite les esprits, émoustille les sens, affole les idées, chacun y va de sa théorie, chacun cherche à prouver ou à discréditer les faits, et personne ne semble jamais avoir raison. On sent le plus souvent une dualité entre l'envie et la peur d'y croire, et cette peur conduit habituellement au refus d'y croire, car il est bien plus confortable, bien moins contraignant, de ne pas s'encombrer de pareilles pensées.

Eugénie sent les regards insistants de l'assemblée.

– Si vous cherchez une nouvelle bête curieuse à montrer à tout Paris, il ne s'agit pas d'un divertissement.

– Nous sommes ici pour comprendre et soigner, pas pour nous amuser.

– Il serait en effet navrant que la Salpêtrière devienne un cirque à femmes.

– Si vous faites référence aux cours publics du docteur Charcot, ils sont tout ce qu'il y a de plus honorable dans la profession.

– Et votre bal, alors ? J'ignorais que les hôpitaux étaient des lieux de mondanités.

– Le bal de la mi-carême divertit les aliénées et leur permet de retrouver un semblant de normalité.

– C'est les bourgeois que vous divertissez.

– Mademoiselle, contentez-vous de répondre à la question.

– Pour vous répondre précisément, je ne communique pas avec les Esprits.

Assis au bureau, le doigt sur une feuille, La Tourette intervient.

– Votre fiche précise que vous avez dit vous-même à votre grand-mère…

– Que mon grand-père décédé m'avait fait passer un message, oui. Je n'ai rien demandé. C'est arrivé, voilà tout.

Babinski sourit.

– Entendre des défunts n'est pas le genre de choses qui « arrivent », mademoiselle.

– Pouvez-vous me dire exactement pourquoi je suis ici ?

– La réponse n'est-elle pas évidente ?

– On accepte bien qu'une jeune fille ait vu la Vierge à Lourdes.

– Il ne s'agit pas de la même chose.

– Pourquoi ? Pour quelle raison est-il accepté de croire en Dieu, et inconvenant de croire aux Esprits ?

– La croyance et la foi sont une chose. Voir et entendre des défunts, comme vous le prétendez, est anormal.

– Vous voyez bien que je ne suis pas folle. Jamais je n'ai souffert d'une crise. Je n'ai aucune raison de rester ici. Aucune !

– Nous avons des raisons de penser que vous souffrez sans doute d'un dérèglement…

– Je ne souffre de rien. Vous redoutez juste ce que vous ne comprenez pas. Vous vous prétendez soignants… Avez-vous seulement vu vos crétins en blanc derrière, qui depuis tout à l'heure nous lorgnent comme si nous étions de la viande ! Vous êtes méprisables !

Geneviève sent le malaise envahir la salle. Elle remarque que Babinski fait un signe de main à deux internes, qui aussitôt viennent empoigner la folle par le bras. Geneviève est tentée de faire un pas en avant, puis elle se retient. Elle observe la jeune femme, jusqu'ici réservée, hurler, se débattre et perdre espoir à mesure qu'on la porte hors de la salle.

– Vous me faites mal, brutes ! Lâchez-moi !

Son chignon s'est défait, ses cheveux tombent sur ses joues. Arrivée à la hauteur de Geneviève, la fille en crise lui adresse un regard que l'intendante ne lui avait pas vu jusqu'ici. Sa voix se casse et, à bout de forces, dans un souffle, elle lui glisse ces mots :

– Madame Geneviève… Aidez-moi… Madame…

Les portes battantes s'ouvrent, les aliénées qui attendent derrière s'écartent devant les cris redoublés d'Eugénie.

Les hurlements s'éloignent peu à peu au fond du couloir, et la gorge de Geneviève se serre.

Une douce lumière d'après-midi éclaire les pelouses du parc. Il fait encore frais en ce jour de mars, mais le soleil a tant manqué ces dernières semaines que des aliénées sont sorties profiter de l'éclaircie temporaire. Assises sur un banc, elles contemplent moineaux et pigeons ; debout contre un arbre, elles en caressent l'écorce ; le long d'une allée, elles balayent les pavés de leurs robes.

Une silhouette blanche parcourt lentement le parc de long en large. De loin, on reconnaît la taille et le chignon blond de l'Ancienne. En l'observant un peu, on s'étonne de son attitude. Normalement droite dans sa robe de service, l'œil attentif au périmètre qu'elle surveille, elle paraît cet après-midi distante, pensive, indifférente à tout ce qui peut se passer autour d'elle. Les mains dans le dos, elle longe les pelouses d'un pas plus lent qu'à l'habitude, la tête baissée. Lorsqu'on la croise, on s'étonne de remarquer qu'elle ne vous jette pas même un coup d'œil. On ne saurait dire si elle est contrariée ou mélancolique, même s'il serait surprenant d'imaginer l'Ancienne mélancolique. Elle n'a jamais été une source de réconfort ni de confidence pour les aliénées. Plus qu'autre chose, elle intimide et est parfois capable de faire calmer une humeur d'un simple regard. Malgré cela, elle est le pilier du secteur – une présence stable et fidèle chaque jour de l'année. Le bon déroulement d'une journée dépend de sa disposition. L'atmosphère sera détendue si on la perçoit détendue, elle sera au contraire crispée si elle apparaît crispée. Aussi, à la voir marcher d'un pas visiblement perdu, les promeneuses s'interrogent et finissent par se sentir elles-mêmes perdues.

Fixant les pavés sans les voir, Geneviève est surprise par une voix à sa gauche :

– Dites, Geneviève… Vous avez l'air morose.

Thérèse est assise sur un banc. Le visage au soleil, elle grignote un quignon de pain dont elle lance quelques miettes aux moineaux et pigeons qui sautillent sur le gazon. Son ventre rond se soulève et s'abaisse à mesure qu'elle respire. Geneviève suspend sa marche.

– Vous ne tricotez pas aujourd'hui, Thérèse ?

– J'me repose les doigts au soleil. Vous vous asseyez ?

– Non, merci.

– C'est bon, l'retour du printemps. Le parc qui reprend du vert. Les filles sont d'meilleure humeur.

– C'est l'arrivée du bal aussi. Ça apaise leurs esprits.

– Faut bien qu'elles pensent à aut'chose. Et vous ?

– Moi ?

– Vous pensez à quoi ?

– Rien de particulier, Thérèse.

– On dirait pas.

Geneviève tourne le dos à Thérèse pour ne pas lui donner raison. Elle place ses mains dans les poches avant de sa robe. Les deux femmes observent le parc. Au loin, sous les arcades, un fiacre passe de temps à autre, traîné par un cheval qui traverse au trot les allées de l'hôpital. Paris paraît si distant, si étranger vu d'ici. Protégé du tohu-bohu, des incertitudes et des dangers de la ville, on sentirait presque une certaine douceur de vivre dans ces lieux sans bruit. Mais, de même que les murs séparent de la ville, de ses libertés et de ses possibilités, on ressent tout autant ici les limitations, et l'absence de promesses.

Thérèse continue de distribuer la mie de pain aux oiseaux attroupés à ses pieds.

– Vous pensez quoi, d'la nouvelle ? La brune qui parle bien.

– Elle est en observation pour l'instant.

– Vous savez qu'cette môme est pas folle, n'est-ce pas ? J'les connais, les malades. Vous aussi, Geneviève.

Elle est normale. J'sais pas pourquoi son père l'a mise ici, mais elle a dû sacrément l'vexer.

– Comment savez-vous pour son père ?

– Elle m'l'a dit hier.

– Vous a-t-elle dit autre chose ?

– Non. Mais j'pense qu'elle en a, des choses à dire.

Geneviève enfonce un peu plus ses mains dans ses poches. La scène de ce matin, plus particulièrement le visage d'Eugénie ne quittent pas sa mémoire. Que peut-elle faire, enfin. Il n'est pas de son ressort de déterminer si une patiente mérite oui ou non de rester ici. Les femmes qui sont amenées à la Salpêtrière le sont pour une raison. Son travail consiste à superviser le secteur et faire l'intermédiaire entre aliénées et médecins – non à poser un diagnostic ou à plaider le cas de telle ou telle folle. Et depuis quand même envisage-t-elle pareille réflexion ? Il n'a jamais été question de penser à autre chose pour les aliénées que de les nourrir et de les soigner – du moins, tenter de les soigner. Cette histoire prend trop de son énergie. Il lui faut cesser d'y penser.

Repoussant d'un mouvement de pied un pigeon qui approchait de trop près, Geneviève traverse le parc à vive allure, sous les regards troublés des aliénées.

Plusieurs jours s'écoulent. Les costumes désormais choisis, on s'attelle à préparer la salle de l'Hospice où le bal aura lieu. Dans la pièce longue et vaste, sous des lustres élégants, la mise en place commence : on dispose aux quatre coins des plantes et des fleurs, on apporte des tables pour former le futur buffet, on place des banquettes en velours sous les fenêtres, on époussette les rideaux, on balaye l'estrade où jouera l'orchestre, on nettoie les vitres des fenêtres. Chaque aliénée se joint à l'effort collectif pour préparer l'événement dans une harmonie fluide et joyeuse.

En dehors de l'hôpital, le haut-Paris dispose de son carton d'invitation : « *Vous êtes cordialement conviés au bal costumé de la mi-carême qui aura lieu le 18 mars 1885 à l'hôpital de la Salpêtrière.* » Médecins, préfets, notaires, écrivains, journalistes, politiciens, aristocrates, tous membres de la sphère parisienne privilégiée, attendent le bal avec une euphorie identique à celle des folles. Dans les salons, on ne parle plus que de l'événement à venir. On évoque les bals des précédentes années. On décrit le spectacle qu'offrent trois cents aliénées costumées. On partage des anecdotes – une folle prise d'un spasme qu'on a calmée en compressant l'ovaire, la catalepsie d'une quinzaine d'entre elles suite au retentissement d'une cymbale, une nymphomane se frottant à tous les hommes de la soirée. On se souvient d'avoir reconnu telle ancienne actrice de théâtre dans cette pauvre aliénée au regard perdu, chacun y allant de son souvenir, de son expérience, de son anecdote. Pour ces bourgeois, fascinés par les malades qu'ils ont l'occasion, une fois dans l'année, de côtoyer de près, ce bal vaut toutes les pièces de théâtre, toutes les soirées mondaines auxquelles ils assistent habituellement. Le temps d'un soir, la Salpêtrière fait se rejoindre deux mondes, deux classes, qui, sans ce prétexte, n'auraient jamais de raison, ni d'envie, de s'approcher.

La matinée est avancée. Dans son bureau, Geneviève s'occupe de formalités administratives lorsqu'on frappe à la porte.

– Entrez.

L'intendante continue de classer des papiers dans l'armoire sans voir le jeune homme qui entre timidement dans le bureau. Il retire son haut-de-forme et révèle des boucles rousses.

– Geneviève Gleizes ?

– C'est moi.

– Je suis Théophile Cléry. Le frère d'Eugénie Cléry. Nous l'avons... mon père l'a fait interner la semaine dernière.

Geneviève s'arrête dans son mouvement et regarde Théophile. Le jeune homme tient son chapeau contre sa poitrine et l'observe d'un air timide. Elle se souvient de lui : il venait à peine de passer la porte de l'hôpital qu'il en était ressorti en courant.

Geneviève l'invite à prendre place sur la chaise et s'assoit à son tour derrière son bureau. Théophile hésite à la regarder dans les yeux.

– J'ignore par où commencer… Je souhaitais vous voir car… mais j'ignore si la Salpêtrière l'autorise… J'aurais aimé voir ma sœur. Je souhaiterais parler à ma sœur.

C'est la première fois que Geneviève reçoit pareille demande. Il est déjà rare qu'un membre de la famille vienne par lettre aux nouvelles d'une aliénée, mais qu'il se déplace pour lui rendre visite est tout simplement exceptionnel.

Geneviève s'adosse à sa chaise et détourne le regard. Depuis la séance d'examen avec Babinski, elle n'a plus revu Eugénie. Cela fait cinq jours. Elle sait que la jeune femme a été placée à l'isolement. Dès qu'on lui apporte un repas, Eugénie jette furieusement l'assiette à travers la pièce. Les infirmières ont été contraintes de ne plus lui amener ni couverts ni vaisselle. Désormais, seules lui sont apportées des tartines de beurre qu'elle refuse de manger. Geneviève écoute avec indifférence le témoignage des infirmières choquées. Depuis qu'elle ne côtoie plus Eugénie, elle se sent moins troublée, moins vulnérable. Elle préfère la savoir enfermée, et maintenir ses distances avec elle.

– Je suis navrée, monsieur Cléry. Votre sœur ne peut recevoir de visites.

– Comment va-t-elle ? La question est idiote, je m'en doute.

Le jeune homme rougit un peu. De son index, il tire doucement sur le foulard en satin qui serre son cou.

Avec ses boucles rousses qui tombent sur son front pâle, Théophile lui rappelle Blandine. L'apparente fragilité, les gestes délicats, les taches éparses sur le nez et les pommettes. Geneviève tente de chasser l'image de sa sœur ; faut-il décidément que les Cléry la ramènent d'une façon ou d'une autre à Blandine.

– Votre sœur a une force de caractère. Elle saura faire face, j'en suis sûre.

Cette réponse semble ne pas satisfaire Théophile. Il se lève de sa chaise, fait quelques pas et s'arrête devant la fenêtre ; il observe les bâtiments de l'hôpital qui s'étendent le long des allées.

– C'est immense, ici.

Geneviève se tourne sur sa chaise et regarde le jeune homme. Il a le même profil qu'Eugénie : le même nez droit et fin, la même bouche retroussée.

– Voyez-vous, ma sœur et moi, nous ne sommes pas particulièrement proches. Dans notre famille, seul notre patronyme nous lie. Nous avons été élevés ainsi. Malgré cela, j'éprouve un sentiment terrible d'injustice. Depuis la semaine dernière, je ne dors plus. Son visage ne quitte pas ma mémoire. Nous n'avons laissé aucun choix à Eugénie. J'ai moi-même été faible, j'ai participé à son internement. Je le regrette. Pardonnez-moi de me confier à vous de la sorte, c'est impudique. Mais, puisque je ne peux voir ma sœur, est-il au moins possible de lui remettre quelque chose ?

Geneviève n'a pas le temps de répondre que

Théophile sort un livre de l'intérieur de sa veste et le lui tend d'une main émue. La couverture indique *Le Livre des Esprits*. Geneviève ne comprend pas.

– J'ai pu le récupérer avant que mon père ne le trouve et le brûle. Je vous en prie, remettez-le-lui. Je ne le fais pas pour obtenir son pardon. Je souhaiterais juste qu'elle se sente moins seule. S'il vous plaît.

Prise de court, Geneviève hésite à saisir l'ouvrage ; elle ne veut plus rien avoir à faire avec Eugénie, de près ou de loin – surtout, elle ne souhaite plus entendre parler d'Esprit, de fantôme, d'âme ou de quoi que ce soit d'autre qui évoque l'existence après la mort. Mais Théophile garde la main tendue et supplie Geneviève du regard. Dans le couloir, des pas à l'approche se font entendre – puis trois coups sont frappés à la porte. Prise d'un sursaut, Geneviève attrape le livre et le cache précipitamment dans un tiroir. Théophile salue Geneviève d'un sourire reconnaissant, cale le haut-de-forme sur sa tête et sort de la pièce en laissant entrer une infirmière.

Geneviève avait quatorze ans lorsqu'elle ouvrit son premier ouvrage d'anatomie dans le bureau de son père. Cette lecture avait constitué un moment crucial dans son existence. À mesure qu'elle tournait les pages, les logiques de la science se révélaient à elle. Chaque chose en l'homme pouvait être expliquée. Ç'avait été un choc, et une révélation – tout comme la Bible avait été un choc et une révélation pour sa sœur. Leurs lectures respectives avaient laissé une vive empreinte en chacune des sœurs et avaient motivé leurs choix pour l'avenir : la médecine pour Geneviève, la religion pour Blandine.

Geneviève ne lisait rien d'autre que des ouvrages scientifiques. Elle n'appréciait pas les romans car elle ne saisissait pas l'intérêt d'histoires fictives. Elle n'aimait pas non plus la poésie, celle-ci ne présentant aucune utilité. À ses yeux, les livres se devaient d'être pratiques – il fallait qu'ils apportent un enseignement sur l'homme, du moins sur la nature et le monde. Elle n'ignorait néanmoins pas le rôle déterminant que certains livres pouvaient jouer sur les individus. Elle l'avait non seulement constaté chez elle et sa sœur, mais aussi chez des aliénées, qui parlaient de romans avec une passion étonnante. Elle avait vu des folles réciter des poèmes et pleurer, d'autres évoquer des héroïnes littéraires avec une familiarité joyeuse, d'autres encore se remémorer un passage avec un sanglot dans la voix. Là résidait la différence entre le factuel et la fiction : avec le premier, l'émotion était impossible. On se contentait de données, de constatations. La fiction, au contraire, suscitait les passions, créait les débordements, bouleversait les esprits, elle n'appelait pas au raisonnement ni à la réflexion, mais entraînait les lecteurs – les lectrices, surtout – vers le désastre sentimental. Non seulement Geneviève n'y voyait aucun intérêt intellectuel, mais elle s'en méfiait. Aucun roman n'était donc autorisé dans le quartier des aliénées : il ne fallait pas prendre plus de risque à exciter les humeurs.

Ce soir, elle observe le livre entre ses mains avec la même méfiance. Au-dehors, la nuit est tombée. Après une toilette sur le palier et un bol de soupe avalé à la hâte, Geneviève a sorti l'ouvrage caché dans son manteau et s'est assise sur le rebord du lit, éclairée par la lampe à huile posée sur la table de chevet. *Le Livre des Esprits*. Elle a en vaguement entendu parler lors de réunions entre médecins, quand la discussion prenait une tournure métaphysique. Le contenu de l'ouvrage était abondamment raillé et décrié. On s'offusquait que de tels propos eussent été non seulement pensés, mais publiés. Elle croit se souvenir que l'auteur démontrait, à partir d'éléments factuels, la réalité d'une existence après la mort. Le propos était ambitieux, cela est sans conteste. Mais parce que ce livre semblait lui aussi susciter de vives émotions, elle ne s'y était jamais intéressée.

En face du lit, le poêle rustique réchauffe doucement les murs. La rue Soufflot est calme. Geneviève observe le livre sans oser l'ouvrir. C'est à la suite de cette lecture que le père Cléry a fait interner sa fille. Cela se comprend. Aucun parent ne souhaite entendre son enfant évoquer l'au-delà. Il n'est pas naturel pour l'homme de brouiller les frontières, de remettre en question la fin de la vie, de tenter de communiquer avec l'invisible. Agir de la sorte relève plus de la démence que de la raison.

Ses mains retournent l'ouvrage, balayent les pages rapidement, le posent sur la table de chevet puis le reprennent : rien ne l'empêche de l'ouvrir et de le lire, ne serait-ce que les premières lignes… Si le contenu est aussi absurde que ses collègues le prétendent, elle en sera vite agacée et le refermera aussitôt. De toute façon, il n'est pas question de le remettre à Eugénie et d'encourager sa lubie.

L'horloge affiche vingt-deux heures. Ses mains sont posées sur l'ouvrage toujours fermé. Comme si elle redoutait ce que ces pages allaient lui apprendre.

« *Enfin, Geneviève, ce n'est qu'un livre. Ne fais pas la sotte.* »

D'un air décidé, elle remonte les jambes sur son lit, s'adosse à l'oreiller et ouvre enfin le livre à la première page.

8

Le 12 mars 1885

L'aube se lève sur Paris. Dans les rues, une population matinale bat déjà le pavé. Le long de la Seine et du canal Saint-Martin, des blanchisseuses par dizaines se dirigent vers les bateaux-lavoirs, portant sur leur dos des sacs remplis de linge de bourgeois. Des chiffonniers, ayant passé la nuit à la recherche de marchandises à revendre, tirent leurs charrettes lourdes de hottes pleines des ramassages nocturnes. À chaque coin de rue, des allumeurs de réverbères se succèdent pour éteindre manuellement les lanternes au gaz. Aux Halles, décrites par Émile Zola comme le ventre de Paris, épiciers et marchands trimballent leurs cagettes de fruits et légumes, sortent leurs poissons de la glace, découpent leurs viandes. Non loin, rue Saint-Denis, les mêmes scènes que rue Pigalle ou rue de Provence, des prostituées qui attendent une dernière passe, d'autres qui repoussent un client ivre. Les porteurs de journaux sortent des imprimeries et ballottent dans leur sac en bandoulière les titres du jour. Dans chaque quartier, les premiers parfums de pain chaud s'échappent et montent au nez des ouvriers et ouvrières, porteurs d'eau et charbonniers, balayeurs et cantonniers, et toutes ces silhouettes font déjà vivre Paris, tandis que l'aurore perce au-dessus des toits.

La Salpêtrière dort toujours lorsque Geneviève traverse la cour d'honneur. Ses talons claquent sur le pavé froid de la longue allée, passage obligé pour quiconque pénètre dans les lieux après avoir franchi l'entrée voûtée. À droite du chemin, au milieu des pelouses, un chat s'amuse avec le cadavre d'une souris. Pas un passant, ni une calèche.

Le ciel s'est assombri depuis que Geneviève est sortie. De fines gouttes de pluie accompagnent sa marche vers la chapelle Saint-Louis. Son chapeau modeste, osant quelques fleurs sur le côté, la protège de cette bruine matinale. Ses mains gantées maintiennent son manteau serré contre sa taille. Elle a les yeux cernés. Elle n'a pas dormi de la nuit.

Elle s'engage sous un passage voûté, surplombé de l'indication « Division Lassay », puis pénètre dans la cour Saint-Louis. En face, le parc et ses arbres nus ; à gauche, la chapelle et son imposante façade blanche, couronnée de casques noirs. Elle se dirige vers celle-ci. Dans la poche intérieure de son manteau, contre sa poitrine, le livre qu'elle a lu cette nuit.

Arrivée devant les portes en bois pourpre, elle marque

un temps d'arrêt, prend une inspiration, puis pousse les portes.

Ce qui frappe à première vue, c'est la sobriété de l'endroit. Ni dorures ni moulures. Les murs en pierre, un peu noircis par endroits, sont dépouillés de toute décoration inutile. La chapelle semble presque laissée à l'abandon.

Dès l'entrée, de gauche à droite, six statues de saints élevées sur des blocs posent sous des enfoncements arqués. Les dimensions du lieu sont étonnantes tout comme sa disposition : quatre chapelles distinctes, chacune ponctuée de quatre nefs, et au centre, le dôme principal dont la hauteur fait pencher la tête en arrière et crée un vertige particulier.

Geneviève, par réflexe, retire son chapeau et secoue les quelques gouttes de pluie qui se sont glissées dans le tissu. Elle s'étonne d'avoir poussé les portes – d'être ici, à l'intérieur de cet édifice qu'elle longe depuis plus de vingt ans, et dans lequel elle s'était promis de ne plus jamais remettre les pieds.

Elle avance d'un pas timide au milieu de la pierre froide et humide. Chaque nef possède sa disposition propre, un aménagement modeste et épuré, mais qui offre tout le nécessaire au recueillement : bancs ou chaises en bois, petit autel, cierges et statue de la Vierge. L'endroit est d'un calme rare. Geneviève s'entend respirer, et sa propre respiration lui paraît résonner entre les murs immenses.

Un chuchotement attire son attention. Dans la deuxième nef à gauche, une petite femme ronde prie debout face à une Vierge en pierre. Elle porte la robe et le tablier des laveuses. Entre ses mains ramenées sous son menton, un chapelet aux perles noires. Les paupières fermées, elle s'entretient doucement avec la figure féminine qui s'élève face à elle. À voir cette femme, seule dans cette chapelle trop grande pour elle, faisant de cette prière sa priorité au lever du jour, on lui envierait presque sa foi. Geneviève l'observe un instant, mais cet acte lui paraît impudique ; elle détourne le visage et décide de gagner la première nef à droite de l'entrée. Elle prend place sur une chaise dont les pieds craquent sous son poids. Elle pose son chapeau sur ses cuisses. Quelques cierges sont allumés en dessous de l'autel.

Le visage relevé, elle observe cet univers qui, enfant, lui faisait horreur. Tout ici lui rappelle les dimanches matin, interminables et douloureux. Elle haïssait cet endroit ; elle l'avait plus haï encore après la disparition de Blandine. « Lieux de culte ». Les gens sont-ils si faibles qu'ils ont besoin de croyances et d'idoles, qu'ils ont besoin d'un lieu, même, où venir les prier, comme si chez soi, dans sa chambre, n'était pas suffisant ? Il faut croire que oui. Et que fait-elle ici, si elle n'y croit toujours pas ? La lecture de la veille, les pages qu'elle a tournées toute la nuit l'ont poussée à partir à l'aube pour se rendre à la chapelle. Le texte n'a pourtant rien de religieux, c'est même le contraire. Mais l'urgence de venir ici l'a dépassée, comme ce livre l'a dépassée. Elle ignore ce qu'elle est véritablement venue chercher. Peut-être moins une réponse qu'une explication, ou du moins une direction. La lutte est futile maintenant, elle le sait. Depuis une semaine, depuis l'arrivée d'Eugénie, tout ce qu'elle pensait maîtriser lui échappe. Ce sentiment est éprouvant, mais elle ne s'y oppose plus. Elle a tenté d'y résister, en vain. S'il lui faut tomber au plus bas, le plus loin possible, pour mieux se relever et revenir ensuite, alors qu'elle se laisse tomber.

Des pas résonnent dans son dos. Geneviève se retourne sur sa chaise : la petite laveuse ronde se dirige vers la sortie. Geneviève se lève brusquement et s'approche de la femme. Celle-ci s'arrête et la regarde avec étonnement.

– Je sors avec vous. Je ne souhaite pas rester seule ici.

La femme sourit. Son visage est fatigué par cette vie passée à laver à la main le linge des autres. L'eau a gercé ses doigts et ses avant-bras.

– Vous n'êtes jamais seule ici. Ni ici ni ailleurs.

La laveuse s'éclipse, laissant Geneviève sur place. Le regard perdu, l'intendante porte sa main droite à son cœur et tâte son manteau : le livre est toujours à sa place.

La clef crisse dans la serrure. Eugénie ouvre les paupières. Immédiatement, ce réveil relance ses crampes à l'estomac ; elle se recroqueville un peu plus sur le lit. Ses pieds sont nus. Ces derniers jours, ses bottines étriquées ont fini par faire gonfler ses chevilles, et elle a été contrainte de retirer ses chaussures sans être capable de les remettre à nouveau. Ne supportant plus d'être prisonnière de sa robe étroite, elle a également, dans un excès de frustration, arraché boutons et fils au niveau des manches, des épaules et de la taille.

Elle pose la main sur son estomac et grimace. Ses cheveux bruns, habituellement lisses et proprement peignés, ont pris en poussière et saleté. Elle s'est résolue hier soir à manger la tranche de pain qu'elle n'avait pas touchée depuis le matin. C'était la première fois en quatre jours qu'elle mangeait quelque chose. Elle sait pourtant qu'elle ne devrait pas s'affaiblir, qu'elle devrait maintenir toutes ses facultés, physiques et intellectuelles, afin de survivre ici. Elle est sa propre ressource au sein d'un endroit qui anéantit dès le premier signe de faiblesse, elle en est consciente. Mais la crise qui l'a saisie lors de l'examen médical ne l'a pas quittée, et elle n'a pas trouvé mieux à faire, ces derniers jours, que de poursuivre sa protestation solitaire en refusant catégoriquement ce qu'on lui apportait à manger. C'était plus fort qu'elle. Jusqu'ici, elle n'avait jamais connu ce qu'était la vraie révolte. Elle se sentait en désaccord profond avec son père, oui. Voir les hommes rire des femmes lui causait une colère sourde et silencieuse. Mais elle ignorait qu'une émotion pouvait, comme une vague, submerger le corps et l'esprit, au point de ne la rendre plus capable que d'une seule chose, hurler contre l'indécence. Elle était révoltée par l'injustice de sa situation. Et si son indignation ne faiblissait pas, elle, en revanche, se sentait dépérir. Sa tête tournait dès qu'elle voulait sortir du lit ; des crampes tordaient son estomac ; la faim lui causait des nausées. À peine supportait-elle la cruche d'eau qu'on lui avait apportée. Ses journées se passaient dans une semi-obscurité, les volets de la fenêtre étaient clos mais le bois troué par endroits laissait un peu de lumière pénétrer dans sa chambre. Elle était enragée et lasse à la fois. Jamais elle ne s'était sentie si désœuvrée, si abandonnée. Elle qui pensait naïvement, chez ses parents, qu'elle était seule – que son caractère, ses provocations, sa repartie l'isolaient et la maintenaient à l'écart d'une famille qui ne la comprenait pas ! Elle était incomprise, peut-être, mais seule, non. Ce n'était pas cela, la solitude. C'était être isolée dans un hôpital pour folles, sans avoir la moindre liberté de mouvement ni la moindre perspective d'avenir. Surtout, sans avoir personne, absolument personne, qui s'intéressât, de près ou de loin, à vous.

– Eugénie Cléry.

Elle s'étonne de la voix qui l'interpelle, et se redresse sur le lit.

Debout sur le pas de la porte, Geneviève regarde

l'état de la chambre : des débris de vaisselle brisée jonchent le sol, la paire de bottines est négligemment laissée à terre, la chaise a été renversée, un pied est cassé en deux.

Sur le lit, Eugénie s'est relevée et l'observe avec l'expression d'une morte. Son visage a perdu en éclat et en confiance.

– Veux-tu prendre le repas au réfectoire ? J'aimerais m'entretenir avec toi ensuite.

Eugénie soulève les sourcils d'un air surpris. D'abord, elle s'étonne de la nature de la phrase – une question, et non un ordre. Ensuite, quelque chose a changé dans la voix de l'Ancienne. Son visage semble différent aussi, même si le contre-jour l'empêche de bien voir. Mais oui, la silhouette de Geneviève n'est pas aussi rigide qu'à l'habitude. Quelque chose en elle s'est relâché. Quel que soit le motif de cette courtoisie inattendue, Eugénie peut sortir de la chambre. Surtout, elle peut aller boire un lait chaud.

La jeune femme s'assoit sur le rebord du lit, force ses pieds dans ses bottines malgré la douleur, reboutonne les derniers boutons survivants sur sa robe et s'approche de Geneviève en ramenant d'une main ses cheveux sales en arrière.

– Merci, Madame Geneviève.

– Tu nettoieras la chambre, plus tard.

– Évidemment. Je me suis emportée.

– Et après le repas, tu iras faire ta toilette. Je t'attendrai.

La même bruine qu'à l'aurore se pose sur les chapeaux en pointe et les hauts-de-forme qui traversent les allées de l'hôpital.

Lorsque Eugénie rejoint Geneviève dans le parc, ses cheveux lavés et encore humides sont tressés en une longue natte sombre tombant sur un côté de sa poitrine. Une cape beige protège sa silhouette et une capuche évasée est ramenée sur sa tête. Son regard a retrouvé la même détermination qui l'occupe d'habitude. Il lui a suffi de soulager son appétit et de faire une toilette pour retrouver un peu de vigueur et de confiance en elle. Elle se sent moins affaiblie, et moins négligée. Le seul fait que Geneviève soit venue lui ouvrir la porte lui a déjà permis de reprendre foi et de sortir de la torpeur qui la paralysait depuis plusieurs jours.

À côté d'un arbre, à l'abri des regards, Geneviève remarque Eugénie qui arrive à sa hauteur. Elle vérifie que personne d'autre ne soit visible aux alentours, puis lui fait signe.

– Marchons.

Eugénie lui emboîte le pas. Les allées sont vides. À droite, le long du muret qui borde le fond du parc, des souris fuient les gouttes d'eau et disparaissent dans le premier trou venu. Des flaques de boue se sont formées sur les pelouses. La bruine s'est épaissie et tombe lentement sur le parc qu'elle va finir par recouvrir.

Les deux femmes avancent, tête baissée. Geneviève, après quelques pas, glisse sa main à l'intérieur de son manteau et en sort *Le Livre des Esprits* ; elle le tend à Eugénie, qui le regarde sans comprendre.

– Prends-le vite, avant qu'on nous voie.

Interloquée, Eugénie saisit l'ouvrage et le cache à l'intérieur de sa cape.

– Ton frère souhaitait te le remettre lui-même. Ce n'était pas possible, tu comprends.

Eugénie resserre ses mains autour de sa taille et autour du livre qu'elle tient caché contre sa poitrine. Sa gorge se noue à la pensée de son frère, venu ici, en ces lieux, pour la voir.

– Quand l'avez-vous vu ?

– Hier matin.

Un pincement lui serre la poitrine. Elle se sent à la fois triste et heureuse. Son frère était là. Il ne l'a pas oubliée. Elle n'est pas si seule qu'elle le pensait. Elle réfléchit un instant, puis regarde Geneviève à la dérobée.

– Alors ? Pourquoi me remettre ce livre, si vous n'y êtes pas autorisée ?

Eugénie remarque une lueur dans le regard de Geneviève.

– L'avez-vous lu ?

– Les livres sont interdits, ici. En échange, j'aimerais que tu fasses quelque chose pour moi.

Geneviève se sent le souffle court. La tête lui tourne un peu. Sa propre démarche en vient à l'étourdir.

Jusqu'à ce jour, elle n'aurait jamais cru cette situation envisageable – elle, intendante du service, s'entretenant en tête à tête avec une aliénée, dérogeant aux règles qu'elle-même a fixées, s'apprêtant à demander une faveur en échange d'une autre. Elle ne souhaite pas y penser. Elle a pleinement conscience de l'absurdité de sa conduite mais, une fois encore, elle préfère aller jusqu'au bout de son idée, quitte à le regretter.

– Je souhaiterais... parler à ma sœur.

La bruine est plus dense et s'abat avec vigueur sur les silhouettes qui longent d'un pas rapide les bâtiments de l'hôpital. Arrivées au bout du parc, les deux femmes prennent refuge sous un passage voûté. Eugénie retire sa capuche mouillée. Elle demeure pensive un moment, puis lève les yeux vers l'Ancienne.

– Madame... s'il s'agit d'un échange, je préférerais me passer du livre et retrouver ma liberté.

– Tu sais bien que c'est impossible.

– Alors, je suis navrée, mais parler à votre sœur sera impossible aussi.

Geneviève fulmine intérieurement. Quelle idée de négocier avec une folle. C'est elle qui est véritablement en train de perdre la face et la tête. Elle devrait faire renvoyer cette petite bourgeoise en isolement et ne plus en entendre parler. En même temps, son chantage est justifié. Elle lui a bêtement mis en main les cartes pour négocier. Il était évident que celle-ci allait exiger, en échange d'une séance de spiritisme, plus qu'un simple livre. Décidément, Eugénie l'agace. Geneviève ne peut pas renoncer maintenant. Cet espoir-là est le seul qu'elle possède. Et puis, qu'importe ce qu'elle promet, elle n'est pas obligée de s'y tenir. C'est peu moral, mais les promesses n'engagent que ceux qui y croient.

– Bien. Je ferai ce que je peux auprès du docteur. Mais seulement si je parle à ma sœur.

Eugénie hoche la tête avec soulagement. Elle ne se réjouit pas encore, mais c'est déjà en soi une petite victoire. Peut-être que cette Blandine a dit juste. Peut-être que Geneviève l'aidera. Et peut-être qu'elle sera amenée à sortir d'ici plus tôt qu'elle ne le pensait.

– Quand ?

– Ce soir. Je te ramènerai en isolement. Maintenant, retourne seule dans ton secteur. Nous avons été vues ensemble assez longtemps.

Eugénie dévisage Geneviève. Son chapeau mouillé laisse tomber des gouttes sur son visage et ses épaules. Son chignon, habituellement impeccable, s'est défait, et des boucles blondes s'échappent sur les côtés. Elle a tant travaillé son autorité que son visage s'est figé en une seule et même expression rigide. Seul son regard la trahit. Un minimum d'attention à ses yeux azur, et c'est là que la faiblesse, l'incertitude se lisent. Mais puisque personne, au cours de sa vie, ne l'a jamais véritablement regardée, ce qu'elle a pu parfois exprimer est passé sous silence.

Eugénie, après l'avoir observée un moment, lui adresse un sourire reconnaissant. Elle rabat sa capuche sur sa tête puis repart sous la pluie et traverse le parc en courant.

Dans le dortoir, c'est une nouvelle activité qui excite les esprits cet après-midi. Entre les rangées de lits, un homme : la moitié de son visage est cachée sous une barbe noire, et ses cheveux courts sont coupés aux ciseaux. Son costume étriqué étouffe sa taille corpulente. On le sentirait plus à l'aise à la campagne, en train de labourer la terre, qu'ici, à manipuler prudemment l'engin qu'il installe au pied d'un lit. Monté sur un trépied, l'appareil photo noir ressemble à un accordéon miniature. Deux infirmières entourent le photographe et empêchent les doigts curieux de toucher l'appareil. Un petit attroupement s'est formé autour de lui. Avec une euphorie contenue, les filles scrutent tour à tour le corps à soufflet de l'appareil et le corps robuste de l'homme.

– C'est drôle. Avant, on n'intéressait personne.

À l'écart, les jambes allongées sur son matelas, Thérèse observe la scène en tricotant un châle. Sur le lit voisin, Eugénie prête main-forte à Louise pour recoudre les quelques trous dans sa robe d'Espagnole. Depuis son entrevue avec Geneviève, son humeur est apaisée. La colère l'a quittée. Son séjour n'est plus qu'une question d'heures. La perspective de sa sortie, le retour à la ville, la libération de ces murs infernaux, gonflent sa poitrine de soulagement et de gaieté. Dès qu'elle saura qu'elle est autorisée à sortir, elle écrira à Théophile. Il pourra venir la chercher avec Louis, ce dernier saura garder le secret, il a toujours su garder les secrets. Elle logera à l'hôtel dans un premier temps, avant d'aller retrouver Leymarie. Elle lui fera part de tout ce qu'elle a vu, entendu jusqu'ici, et demandera à écrire pour sa revue. Tout se passera comme elle l'avait prévu avant d'arriver ici. Ce séjour n'était qu'un contretemps. Il lui aura permis de couper avec sa famille, au moins elle n'aura pas eu à le faire elle-même. Seule, elle n'aura de comptes à rendre à personne.

Au-dehors, la pluie cogne contre les vitres. Louise, allongée sur le ventre à côté d'Eugénie, caresse les dentelles de sa robe. Elle jette un œil distrait au photographe.

– Je l'aime bien, Albert Londe. Il m'a déjà prise en photo. Lui aussi disait que je ressemble à Augustine.

Eugénie regarde à son tour la séance photographique. Albert Londe s'est placé face à une femme allongée sur son lit. Elle doit avoir une vingtaine d'années. Habillée d'une robe de chambre, ses cheveux sont attachés en arrière à l'aide d'un ruban rose. Elle est immobile, son regard est perdu dans le vague. Sa rêverie diurne est si profonde qu'elle ne prête aucune attention à l'activité autour d'elle.

Eugénie se tourne vers Thérèse.

– Qui est celle qu'on photographie ?

Thérèse hausse les épaules.

– Josette. Elle sort jamais d'son lit. Mélancolique, qu'on dit. Moi, j'évite d'la regarder, elle me fout l'bourdon.

La détonation du déclencheur fait sursauter les aliénées, et le demi-cercle qui s'était formé autour du photographe recule dans un cri uniforme. Seule Josette, sujet du cliché, est demeurée imperturbable.

Albert Londe, sans relever les regards qui l'entourent, saisit son appareil, le trépied, et se déplace quelques lits plus loin. Le même groupe d'admiratrices le suit en chuchotant et en retenant de petits rires. La prochaine photographiée est également prostrée dans son lit : sa couverture est ramenée jusqu'à son menton, et ses doigts s'y accrochent comme si elle allait tomber. Ses jambes frottent le drap du matelas dans un mouvement de va-et-vient régulier. Elle regarde partout mais semble ne voir personne.

Eugénie cesse de coudre.

– N'est-ce pas impudique ?

Louise relève la tête vers Eugénie.

– Impudique ?

– Je veux dire… Qu'on vienne prendre vos portraits.

– Moi, je pense qu'il fait bien. Ça montre aux autres, dehors, comment on vit ici. Qui on est.

– Si on voulait vraiment voir qui vous étiez, on vous laisserait sortir, on ne vous…

Eugénie marque une pause. Elle décide de se taire.

Ce n'est pas le moment d'inciter à la dissidence et de mettre à mal ses chances de sortie. Après avoir lancé assiettes et injures à la tête des infirmières ces derniers jours, il est plus prudent de faire profil bas. Et puis, il faut parfois choisir ses combats. Il n'est pas possible, ni même pertinent, de se révolter contre tout, tout le temps, de prendre à partie chaque individu ou institution responsable d'injustice. L'indignation est une émotion envahissante et ne mérite pas d'être dispersée. Eugénie comprend que sa priorité, cette fois, n'est pas le droit des autres, mais le sien. Le sentiment est égoïste, et il lui fait un peu honte, mais c'est ainsi pour l'instant : elle doit d'abord se préoccuper de sortir d'ici.

Thérèse pose ses accessoires de tricot et vérifie la taille de son châle.

– Ma p'tite, j't'ai déjà expliqué… Y en a qui voudraient pas partir d'ici. J'suis pas la seule. On abattrait les murs, que nous on bougerait pas. Tu les vois certaines, poussées dans les rues d'un jour à l'autre, sans famille, sans savoir quoi faire ? Ce serait criminel. Non. Non, c'est pas parfait ici, mais on se sent protégées.

La détonation du déclencheur provoque à nouveau le même « Ah ! » de surprise chez le groupe de spectatrices. La femme du lit, elle, a pris peur et enfonce sa tête sous sa couverture en frottant de plus belle ses jambes contre le drap.

Louise s'assoit sur son lit et regarde sa robe, étalée sur les genoux d'Eugénie.

– Alors ? Ils sont réparés ces vilains trous ?

– Vérifie.

Louise examine attentivement chaque pli du tissu coloré. Après une inspection minutieuse, un large sourire embellit son visage enfantin. Elle descend du lit, ramène la robe contre sa taille et relève le menton.

– Plus que six jours avant le bal, et on me demandera en mariage dans cette robe !

Tenant fermement le costume contre son corps, Louise tourne sur elle-même et fait virevolter les froufrous au bas de la robe. Elle part ensuite gambader entre les rangs, dansant au son d'accords qu'elle seule entend, tournoyant au gré du rythme et de ses envies, s'imaginant le moment où elle, Louise, orpheline de Belleville, deviendra, devant le beau Paris, la fiancée d'un médecin.

À la fin du souper, Geneviève et Eugénie s'éclipsent discrètement du dortoir. L'intendante s'est munie d'une lampe à huile et ouvre le chemin dans le couloir désormais familier à Eugénie. Cette dernière suit l'Ancienne tête baissée. Une certaine appréhension raidit ses jambes. Elle n'est jamais volontairement allée chercher une présence. Chaque fois, celles-ci sont venues à elle sans qu'elle les invoque, sans même qu'elle le souhaite. Ces visites restent mystérieuses encore à de nombreux égards, et franchir la frontière du monde des vivants n'est jamais un moment qu'elle apprécie. Mais son appréhension vient aussi, sans doute, du fait que sa libération dépend de l'intendante. Si Blandine ne venait pas à se présenter, ou si elle se présentait mais ne donnait pas à Geneviève les réponses satisfaisantes, ses chances de sortie seraient amoindries. Geneviève l'aidera seulement si elle est convaincue. Alors, Eugénie appelle. À mesure qu'elle approche de la chambre, la jeune femme appelle silencieusement celle qui s'est manifestée par deux fois déjà, cette adolescente pâle et rousse qui lui a demandé d'évoquer sa présence à Geneviève, qui lui a révélé ses secrets afin de prouver à sa sœur qu'elle était bien là. Eugénie avance et repense à son visage, cite son nom, espérant que, quelque part, Blandine l'entende, et arrive.

Au loin, des claquements de talons font relever simultanément la tête de Geneviève et d'Eugénie. Au bout du couloir, une infirmière arrive dans leur direction. Eugénie la reconnaît et rougit. C'est celle qui était venue lui apporter ses repas le lendemain de son isolement, et qui avait été prise de frayeur au spectacle de sa crise de furie.

Une fois à leur hauteur, l'infirmière reconnaît Eugénie à son tour. Elle pâlit et interroge l'intendante d'un regard inquiet.

– Avez-vous besoin d'aide, Madame Geneviève ?

– Tout va bien, Jeanne, merci.

– J'ignorais qu'elle était autorisée à sortir.

– Je lui ai accordé une toilette. De plus, elle s'est calmée. N'est-ce pas, Cléry, que tu t'es calmée ?

– Certes, madame.

Geneviève adresse un sourire rassurant à la jeune infirmière et poursuit son chemin. Elle ne montre rien de son trouble mais n'en éprouve pas moins une certaine angoisse. Depuis qu'elle s'est engagée dans le couloir avec Eugénie, son cœur cogne lourdement. Tenir la lampe à huile empêche sa main droite de trembler ; sa main gauche, en revanche, est cachée dans la poche avant de son tablier blanc.

Arrivée devant la porte, Geneviève sort son trousseau, ouvre la serrure dans un tintement confus de clefs, et laisse entrer Eugénie. Elle attend que l'infirmière disparaisse au bout du couloir, s'assure qu'aucun autre témoin n'est visible aux alentours, et pénètre à son tour dans la chambre.

Assise sur le rebord du lit, Eugénie retire ses bottines d'une moue crispée et masse un instant ses mollets enflés. Geneviève dépose la lampe à huile sur la table de chevet, fouille dans les poches avant de son tablier et en sort une poignée de cierges blancs. Elle les tend à Eugénie, qui ne comprend pas.

– As-tu besoin que je les allume ?

– Pour quoi faire ?

– Pour la séance, voyons.

Eugénie regarde l'Ancienne avec étonnement puis sourit.

– Il n'y a nul besoin de cérémonie. Si vous avez lu Allan Kardec, vous devriez le savoir.

Gênée, Geneviève remet les cierges dans sa poche.

– Il n'a pas le monopole de la vérité non plus. Son ouvrage n'est qu'une théorie.

– Croyez-vous en Dieu, Madame Geneviève ?

Eugénie a relevé ses jambes sur son lit. Elle s'est assise en tailleur et s'est adossée au mur. Ses yeux sombres scrutent Geneviève, qui paraît surprise par la question.

– Mes croyances personnelles ne regardent que moi.

– Il n'y a nul besoin d'y croire pour que les choses existent. Je ne croyais pas aux Esprits, pourtant ils existaient. On peut se refuser aux croyances, s'y prêter ou s'en méfier ; mais on ne peut nier ce qui se présente devant vous. Ce livre… m'a fait comprendre que je n'étais pas folle. Pour la première fois, j'ai eu le sentiment que je n'étais pas l'anormale au milieu de la foule, mais bien la seule normale au milieu des autres.

Geneviève la regarde. Il est évident qu'elle n'est pas aliénée, celle-ci. Elle s'en doutait depuis le début. Peut-être aurait-il mieux valu pour Eugénie qu'elle ne mentionne jamais le nom de Blandine. Peut-être aurait-il été préférable, oui, qu'elle ne prouve jamais, d'aucune façon, son don à Geneviève. Celle-ci ne l'aurait pas regardée avec un mélange de crainte et de curiosité. Deux ou trois examens cliniques auraient éliminé toute suspicion d'activité neurologique anormale. Eugénie aurait pu être renvoyée chez elle en moins d'un mois. Mais les choses s'étaient compliquées. D'abord, Eugénie avait parlé. Trop. Elle avait évoqué des détails qu'elle n'aurait pu connaître que si elle s'était introduite chez Geneviève en son absence. Surtout, elle s'était donnée en spectacle devant toute l'équipe médicale. Elle avait ragé, hurlé, insulté, plusieurs jours durant. Même si Geneviève plaidait son cas auprès de la hiérarchie, il serait étonnant que celle-ci accepte de la libérer.

Geneviève jette un coup d'œil autour d'elle. Elle se sent quelque peu idiote d'être ici, enfermée dans cette chambre en compagnie d'une étrangère, à attendre l'arrivée d'un fantôme, qui plus est celui de sa sœur.

– Alors… que fait-on ?

– Rien.

– Rien ?

– Nous attendons qu'elle vienne. Voilà tout.

– Ne dois-tu pas… l'invoquer ?

– C'est vous surtout qui la faites venir.

Cette phrase perturbe Geneviève. Elle range ses mains derrière son dos et parcourt la petite pièce de long en large. Sa mâchoire est crispée. Un moment passe. De temps à autre, de l'autre côté de la porte, des pas traversent le couloir, et les deux femmes retiennent leur souffle ; les pas s'éloignent, et leurs corps se détendent à nouveau. Dans la cour, derrière les volets clos, des miaulements de chats errants s'élèvent soudain dans la nuit : deux félins viennent de se croiser et se braquent, défendant un bout de rat ou de jardin. Plusieurs minutes durant, leurs feulements s'opposent, se menacent – puis c'est le corps à corps, la lutte à coups de griffes féroces, ils frappent et soufflent jusqu'à ce que l'un des deux l'emporte, ou que les deux battent en retraite, et peu à peu le calme revient, et l'hôpital recouvre son sommeil.

Plus d'une heure passe. À bout de nerfs, Geneviève se relève du coin du lit où elle s'était assise.

– Alors ? Toujours rien ?

– Je ne comprends pas… Elle est là d'habitude.

– Tu me mens, depuis le début ?

– Évidemment que non. Elle était là, les deux fois où vous êtes venue.

– J'en ai assez. Je savais que je n'aurais pas dû t'écouter. Tu resteras ici désormais.

Eugénie n'a pas le temps de répondre que Geneviève se dirige d'un pas énervé vers la porte. Elle saisit la poignée, mais ne parvient pas à l'ouvrir. Sa main force, tourne, pousse, ne comprend pas ce qui bloque.

– Mais enfin ?

– Elle est là…

Geneviève se retourne. Sur le lit, Eugénie a ramené sa main sur sa gorge. Elle a du mal à déglutir. Sa tête est légèrement penchée en avant, et son visage est brusquement si pâle que l'intendante en frémit.

– C'est… C'est votre père… Il a fait un malaise… Il s'est blessé…

Eugénie déboutonne le col de sa robe pour pouvoir mieux respirer. Geneviève pose sa main sur son estomac tordu par l'effroi.

– Que racontes-tu, enfin ?

– Sa tête a cogné… le coin de la table en bois de la cuisine… il s'est blessé à l'arcade – gauche… il est évanoui.

– Mais comment sais-tu !

Eugénie a fermé les yeux, et son débit change. Sa voix est la même, la sienne, mais elle parle avec une cadence monotone, comme si elle récitait un texte sans affect. Geneviève recule d'un pas terrorisé et s'adosse à la porte.

– Il est étendu sur les dalles noires et blanches de la cuisine… C'est arrivé ce soir… Il s'est senti mal après le dîner… Ce matin, il est allé au cimetière… Il a déposé des tulipes jaunes sur la tombe de votre mère et de Blandine… Deux bouquets de six… Il a besoin d'aide. Allez-y, Geneviève.

La jeune femme rouvre les yeux et regarde dans le vide. Son dos est courbé en avant ; sa respiration est difficile. Ses membres sont lourds, vidés de toute énergie. Assise sur le lit, immobile, les yeux grands ouverts, elle a l'allure d'une poupée de chiffon qu'une enfant aurait maltraitée.

Geneviève demeure pétrifiée un instant. Elle aurait cent questions à poser mais est incapable de parler. Sa bouche est entrouverte dans une expression de stupeur.

Soudain, sans qu'elle la maîtrise, une pulsion saisit ses jambes : elle effectue un retour sur elle-même, abaisse brusquement la poignée qui cette fois se laisse faire, ouvre la porte avec force en la laissant claquer contre le mur et sort précipitamment de cette chambre où tout a commencé.

9

Le 13 mars 1885

La ville de Clermont est encore endormie lorsque Geneviève arrive devant la maison de son père.

Tout était allé vite, la veille. Elle se souvient d'être sortie en courant de la chambre, d'avoir trouvé deux infirmières sur son chemin et de les avoir prévenues qu'elle s'absentait ; elle avait traversé la cour d'honneur d'un pas pressé et était montée dans le premier fiacre qui descendait le boulevard de l'Hôpital. Les rues de Paris étaient agitées, comme si badauds et errants avaient eu vent de ce qui s'était passé dans la chambre.

Un dernier train desservait Clermont, ainsi qu'une dizaine d'autres villes sur le chemin. Une fois assise, elle réalisa qu'elle portait encore sa robe d'hôpital. Elle passa sa main sur les plis du vêtement blanc, comme si ce geste pouvait miraculeusement effacer les défauts de son habit de travail. Un coup d'œil vers la vitre lui renvoya son reflet : sa mine l'effraya. Des poches grises soulignaient ses yeux. Des boucles blondes s'échappaient de son chignon de tous côtés. Elle ramena du bout des doigts ses mèches fatiguées en arrière. Les passagers du wagon dévisageaient l'infirmière essoufflée. Il lui semblait qu'on avait déjà un avis sur elle, qu'on jugeait son attitude anormale, et rien de ce qu'elle pourrait dire ou défendre ne changerait l'opinion à son égard. Des années à la Salpêtrière lui avaient fait comprendre que les rumeurs faisaient plus de ravages que les faits, qu'une aliénée même guérie demeurait une aliénée aux yeux des autres, et qu'aucune vérité ne pouvait réhabiliter un nom qu'un mensonge avait souillé.

Le train siffla, un hurlement perçant qui fit tressaillir la gare. Les mécanismes de l'énorme machine noire prirent vie tour à tour, et les roues se mirent à tourner lourdement dans un mouvement saccadé écrasant.

Fatiguée par les regards qui pesaient sur elle, Geneviève posa son front contre la vitre et s'endormit aussitôt. Son sommeil fut profond. Aucun rêve ne perturba sa nuit. Les rares fois où un mouvement brusque secouait la cabine, où le sifflement du train repartant d'une énième gare retentissait, elle se réveillait et mesurait combien la fatigue accablait son corps et son esprit. Elle était incapable d'ouvrir les paupières : elle se réveillait, sentait que le train était toujours en déplacement, et se laissait aussitôt repartir dans le sommeil. Elle aurait été capable de dormir des jours. Lors de ces brefs moments d'éveil, l'image de son père étendu sur le sol de la cuisine lui rappelait pourquoi elle était là. Elle voulait crier son nom, mais le peu de force dont elle disposait lui permettait seulement d'appeler son père en silence, de lui dire de tenir bon, qu'elle arrivait, qu'elle était bientôt là.

Elle se réveilla à l'aube. Le front toujours contre la vitre, elle ouvrit les paupières : au loin, sous un ciel dégagé aux traînées rose pâle, les silhouettes des montagnes auvergnates dessinaient l'horizon par vagues immenses. Au milieu de ce décor vallonné, le puy de Dôme s'élevait majestueusement, plus haut, plus digne encore que les autres, tel un roi qui veillait sur ce royaume de volcans endormis.

Les ballottements du train la suivirent une fois dans la ville. À mesure qu'elle arpentait les rues de sa ville natale, son corps continuait de balancer au rythme du voyage. Au-dessus des toits en brique orangée, les deux tours jumelles de la cathédrale s'élevaient vers le ciel tels deux pics féroces et sombres. L'allure de cette cathédrale, écorchée, noire, contrastant avec la sérénité des montagnes verdoyantes alentour, avait quelque chose d'assurément austère et effrayant.

Geneviève s'engagea dans une rue étroite et arriva devant la maison de son père.

La maison est silencieuse. Geneviève referme la porte derrière elle et fait deux pas dans le salon.

– Papa ?

Les volets sont clos. Un parfum de soupe à l'oignon embaume la pièce. Elle espérait trouver son père là, assis sur le fauteuil en velours vert, dégustant tranquillement sa tasse de café matinale. Elle ne veut pas avoir à le découvrir dans la cuisine, inconscient sur le carrelage, ou pire. Elle souhaite, à ce moment précis, qu'Eugénie ait eu tort, que tout ceci ne soit qu'une vulgaire mascarade, que cette folle ait inventé ce mensonge dans le seul but de l'éloigner de la Salpêtrière.

Geneviève serre les poings et se dirige vers la cuisine.

La pièce est vide. Sur la table rectangulaire, la vaisselle de la veille sèche sur un torchon. Aucune trace au sol. Ses jambes flanchent. Elle saisit une chaise et se laisse tomber dessus. Sa main s'agrippe au dossier. « *Elle a bel et bien menti. Tout ceci n'était qu'un spectacle. Quelle naïve j'ai été.* » Geneviève penche le visage en avant et retient son front de son autre main, le coude sur sa cuisse. Elle ignore si elle est soulagée ou déçue. Elle ne sait plus quoi espérer ou attendre. En vérité, elle se sent lasse. Elle reste un moment immobile, penchée en avant – puis son regard note une trace sombre au sol. Elle s'accroupit et fronce les sourcils : du sang séché entre deux dalles noires et blanches.

Geneviève se relève brusquement et court dans le salon, où une vieille femme lui fait soudain face. Dans la surprise, les deux femmes poussent un cri simultané.

– Geneviève, tu as failli m'arrêter le cœur. Il me semblait bien avoir entendu du bruit.

– Yvette… mon père…

– C'est Dieu qui t'a envoyée, ma parole. Ton père a fait un malaise hier soir.

– Où est-il ?

– Rassure-toi, il va bien. Il est au lit, j'ai veillé sur lui cette nuit. Viens.

La voisine sourit à celle qu'elle a vue grandir. Elle lui prend la main d'un air rassurant et l'invite à monter. Son autre main s'agrippe à la rambarde pour aider son corps âgé en haut des escaliers.

– On est venus avec Georges lui apporter une part de gâteau hier soir. On s'est inquiétés lorsqu'il n'a pas répondu. Heureusement qu'on a un double des clefs. On l'a trouvé sur le carrelage de la cuisine. Mais ton père est vaillant : il reprenait déjà connaissance quand Georges et un autre voisin l'ont remonté dans sa chambre.

Geneviève écoute le récit avec émotion. Une joie presque euphorique la porte en haut des marches. Eugénie a dit vrai. Son père a fait un malaise, et il s'est blessé. Non qu'il y ait de quoi se réjouir dans cet accident. Mais qu'il ait eu lieu signifie que Blandine était là hier soir, avec elles. Elle seule pouvait savoir, et le faire savoir à Eugénie. Geneviève saisit elle aussi la rambarde. L'émotion l'étouffe. Elle voudrait éclater en larmes, rire aux éclats, elle voudrait prendre Yvette par les épaules et lui dire pourquoi elle est venue ici, comment elle a su, comment sa sœur veille, sur elle, sur son père, elle voudrait sortir et le crier dans toutes les rues de la ville.

La vieille femme perçoit l'agitation de Geneviève derrière elle et se retourne. Elle affiche un sourire consolateur.

– Ne pleure pas, ma chérie. Ce n'est qu'une blessure au sourcil. Ton père est solide. Comme toi.

Arrivée en haut des marches, Yvette laisse Geneviève passer la première. Chaque fois qu'elle revient dans cette chambre, deux jours par an pour Noël, cette pièce où le temps s'est figé entre des meubles auxquels personne n'a touché, il lui semble être à nouveau une toute petite fille. La commode occupe le mur de gauche, les deux tables de chevet sont disposées de part et d'autre du lit, les voilages en dentelle blanche habillent les petites fenêtres. Le bois craque régulièrement, la poussière sous le lit est ignorée, peu de lumière pénètre dans l'espace étroit. Ce n'est ni chaleureux ni véritablement austère : c'est familier.

Allongé sous l'édredon au bleu délavé, la tête relevée par deux oreillers, le père Gleizes s'étonne de voir sa fille aînée. Il n'a pas le temps d'ouvrir la bouche que Geneviève se précipite pour tomber à son chevet et embrasse sa main.

– Papa… Je suis si contente.

– Mais que fais-tu ici ?

– Je… j'ai eu une permission. Je voulais vous faire une surprise.

Le vieil homme dévisage sa fille d'un air surpris. Son arcade gauche laisse voir la blessure de la veille. Il paraît fatigué, mais pas seulement par l'incident. Depuis Noël dernier, son visage est plus grave ; il a maigri ; ses yeux se plissent pour mieux voir. C'est la première fois qu'il semble comprendre plus lentement ce qu'on lui dit. Il observe les autres lui parler comme s'ils s'exprimaient dans une langue étrangère, marque un temps pour saisir les propos, puis répond enfin. Geneviève serre la main fine et ridée de son père. Il existe peu de sentiments plus douloureux que de voir ses parents vieillir. Constater que cette force, jadis incarnée par ces figures que l'on pensait immortelles, vient d'être remplacée par une fragilité irréversible.

L'homme saisit la tête de sa fille de ses deux mains et se penche pour embrasser son front.

– Je suis heureux aussi de te voir, même si je suis étonné.

– Avez-vous besoin de quelque chose ?

– Juste dormir. Il est encore tôt.

– Bien. Je reste ici la journée.

Son père ramène sa tête sur l'oreiller et ferme les paupières. Sa main gauche est restée sur la tête de sa fille. À genoux, au pied du lit, Geneviève n'ose bouger et déplacer cette main qui, jusqu'ici, n'avait jamais osé la bénir.

La journée passe lentement. Laissant son père se reposer à l'étage, Geneviève reprend ses habitudes : le balai est passé sous les meubles, les chemises et les pantalons du vieil homme sont repassés avec soin, les étagères sont époussetées au plumeau, les fenêtres sont ouvertes pour laisser entrer l'air frais. Du pain, des légumes et du fromage sont rapportés du marché, le petit jardin est nettoyé de ses feuilles mortes. Le tout, entre des visites régulières dans la chambre pour apporter une tasse de thé et s'assurer que l'homme ne manque de rien. Geneviève se déplace entre les pièces avec quiétude. Elle a troqué sa robe de service pour la robe de ville bleue qu'elle garde chez son père. Ses cheveux, pour une fois détachés, tombent en boucles sur ses épaules. Elle enchaîne le ménage et les commissions d'un air serein.

Dans cette maison silencieuse, un air de tristesse résonnait jusqu'ici. D'abord sa sœur, qui avait quitté brutalement les lieux, puis leur mère, qui avait suivi sa fille quelques années plus tard. Depuis que son père s'était senti trop fatigué pour exercer, aucun patient ne passait plus la porte d'entrée. L'absence de voix, de mouvements, de rires dans la demeure modeste se ressentait. Chaque Noël que Geneviève venait passer ici, tout entre ces murs lui paraissait sinistre : les fauteuils sur lesquels personne d'autre ne s'asseyait, la chambre de Blandine à l'étage qu'on maintenait fermée, la vaisselle en trop grand nombre pour un seul homme, les fleurs mortes et les mauvaises herbes du jardin qu'on laissait à l'abandon. Sans la visite régulière des époux voisins, la maison aurait déjà, avant même son dernier occupant, perdu tout signe de vie.

L'horloge du salon sonne seize heures. Au-dessus du feu de cuisine, à l'aide d'une cuillère en bois, Geneviève remue doucement les légumes qui cuisent dans la marmite de fonte. Sa main tremble un peu. La fatigue du voyage, de l'émotion, se ressent. Elle place le couvercle au-dessus du potage et va s'asseoir sur le canapé. Les coussins sont rigides, l'assise n'est pas confortable et contraint à une posture droite ; au moins, elle ne sera pas tentée de s'endormir. Accoudée sur le fauteuil, elle passe sa main dans ses cheveux et laisse son regard errer dans la pièce. Cette fois, ce n'est pas la morosité habituelle qu'elle ressent au sein de la maison. La bibliothèque, les fauteuils, les tableaux accrochés aux murs, la table à manger ovale – rien de tout cela ne lui paraît plus maussade. Absence ne signifie pas abandon. Si la maison de son enfance n'est plus habitée ni par sa sœur ni par sa mère, peut-être demeure-t-il encore quelque chose des deux femmes – non pas leurs affaires personnelles, mais pourquoi pas une pensée, une présence, une intention ? Geneviève songe à Blandine. Elle l'imagine ici, quelque part, dans un coin de la pièce, en train de l'observer. Cette idée, démentielle, pourtant l'apaise. Existe-t-il pensée plus consolante que de savoir les proches défunts à vos côtés ? La mort perd en gravité et en fatalité. Et l'existence gagne en valeur et en sens. Il n'y a ni un avant ni un après, mais un tout.

Droite sur le rebord du canapé, assise dans un silence que rien ne vient perturber, Geneviève se surprend à sourire. Ce n'est pas le même sourire qu'elle accorde à l'équipe médicale de l'hôpital. À ce moment précis, son sourire est sincère, rare, étonnant. Sa main vient cacher ses lèvres heureuses, comme par pudeur. Elle ferme les paupières, et une inspiration profonde lui gonfle la poitrine : elle sait finalement ce qu'est croire.

La nuit est tombée sur les toits de la ville auvergnate. Dans la rue, les derniers claquements de sabots et quelques voix de passants se font entendre derrière la fenêtre. Le soleil parti, on ne traîne jamais longtemps dehors. On presse le pas pour rentrer en longeant les devantures baissées des commerces. Partout, les volets se referment et les lumières laissent place à l'obscurité. Rapidement, plus un bruit ne court les rues et n'agite les maisons. Ici, le soleil rythme les journées et le sommeil.

Dans la cuisine, le petit feu de bois réchauffe les corps et éclaire une partie de la pièce. Une lampe à huile est posée sur la table où dînent Geneviève et son père. Leurs cuillères en bois raclent le fond des bols afin de récupérer les dernières gouttes de bouillon. Geneviève avait insisté pour apporter le souper à l'étage, mais son père, las d'être allongé dans le lit, avait choisi de descendre.

– Voulez-vous plus de potage, papa ?

– Non merci, je n'ai plus faim.

– Il vous en reste pour les jours prochains. Je dois retourner ce soir à Paris. Il y a cours public demain matin, et je dois superviser les derniers préparatifs pour le bal.

Le père relève la tête vers sa fille. D'un coup d'œil, il examine ses traits. Quelque chose a changé. Elle ne paraît pas malade, non. Sa fille est moins sévère. Moins rigide. Ses cheveux semblent plus blonds, ses yeux plus bleus, aussi.

– As-tu rencontré un homme, Geneviève ?

– Oh, non. Pourquoi dites-vous cela ?

– Alors, qu'as-tu à m'annoncer ?

– Je ne comprends pas.

Le père pose sa cuillère dans son bol et s'essuie les lèvres à l'aide d'une serviette à carreaux.

– Tu dis devoir retourner à Paris dès ce soir. Pourquoi être venue me voir un jour seulement ? Tu dois m'annoncer quelque chose. Es-tu malade ?

– Je vous assure que non.

– Alors ? Ne tourne pas ainsi autour du pot, je n'ai pas la patience.

Geneviève rougit. Il n'y a que face à son père qu'elle rougit. Ses jambes font un mouvement de recul, les pieds du banc grincent sur le carrelage. Elle se relève et fait quelques pas dans la cuisine. Ses mains sont serrées l'une contre l'autre.

– Il y a une raison… Mais je redoute votre jugement.

– T'ai-je déjà jugée ?

– Jamais.

– Je juge la mauvaise foi et le mensonge seulement. Tu le sais.

Geneviève poursuit quelques allers-retours nerveux devant le feu qui crépite doucement. Le col boutonné de sa robe lui serre le cou, mais qu'importe.

– J'ai… j'ai su que vous étiez mal. C'est pour cela que je suis venue.

– Comment as-tu su ? Yvette ne t'avait même pas encore écrit.

– Je le savais. Je suis venue aussi vite que j'ai pu.

– Que me racontes-tu ? Tu as des visions, maintenant ?

– Pas moi.

Geneviève s'assoit à côté de son père. Peut-être ce secret serait-il à garder pour elle. Mais le partager permet de le rendre concret, tangible. Elle veut que les faits soient connus d'un autre. Elle veut que son père y croie, comme elle y croit.

– Cela me terrifie et me rend heureuse à la fois de me confier à vous. Voyez-vous… c'est Blandine. Blandine m'a avertie.

Le père reste de marbre. Une déformation de médecin : ne rien suggérer au patient lorsqu'une maladie grave est décelée. Accoudé à table, il observe Geneviève se relever et s'exprimer avec un débit qu'il ne lui a jamais entendu.

– Il y a cette nouvelle aliénée. Elle est arrivée la semaine dernière. Sa famille prétend qu'elle parle aux défunts. Je n'y croyais pas du tout – vous savez que j'ai hérité de votre esprit cartésien – jusqu'à ce qu'elle me prouve le contraire. Elle me l'a prouvé, père. À trois reprises. Je sais, cela doit vous sembler absurde. Ce l'était pour moi aussi, au départ. Mais si je dois jurer pour la seule fois de ma vie, je le jure ici, devant vous : Blandine lui a parlé. Elle lui a appris des choses que cette fille ne pouvait pas connaître ! Et c'est Blandine qui nous a alertées sur votre accident. Elle veille, papa. Sur moi, sur vous. Elle est toujours là.

Geneviève se rassoit subitement et saisit la main de son père dans les siennes.

– Il m'a fallu du temps pour y croire. Je conçois que cela vous prendra du temps aussi. Si vous êtes encore dubitatif, venez à l'hôpital, venez la rencontrer, vous verrez. Blandine est près de nous. Elle est peut-être même, à ce moment précis, ici, dans la cuisine, avec nous.

Le père retire sa main et la pose sur la table. Il demeure un long moment, interminable pour Geneviève, le visage penché sur son bol. Il affiche la même concentration que lors d'examens cliniques, la mine préoccupée par les symptômes qu'il vient de relever, l'esprit occupé à réfléchir au diagnostic le plus probable. Il finit par secouer la tête.

– J'ai toujours su que travailler parmi des folles te rendrait folle un jour…

Geneviève se fige. Elle voudrait tendre la main vers son père mais n'y parvient pas.

– Papa…

– Je pourrais écrire à la Salpêtrière et leur faire part de ce que tu viens de me dire. Je ne le ferai pas. Tu es ma fille. Mais je veux que tu quittes cette maison.

– Pourquoi me renvoyer ? Je me suis confiée à vous.

– Tu parles d'une morte. Une morte qui te parlerait. Te rends-tu compte ?

– Justement, papa, faites-moi confiance. Vous me connaissez, je ne suis pas folle.

– N'est-ce pas justement ce que tes folles te répètent à longueur de journée ?

Geneviève sent sa tête tourner. Le feu qui crépite dans l'âtre lui donne chaud. Elle se retourne sur le banc, dos à la table, et regarde autour : plus rien dans cette cuisine ne lui est familier. Les casseroles empilées à terre, les torchons accrochés au mur, la longue table en bois où, enfant, avec sa sœur et ses parents, les repas étaient partagés. Même l'homme assis sur le banc lui paraît étranger. Soudain, il ressemble à ces pères, tous ces pères qu'elle a vus s'asseoir dans son bureau, accablés par le mépris et la honte d'une fille dont ils ne voulaient plus, ces pères qui signaient, sans aucun remords, les fiches d'internement d'une enfant déjà oubliée. Geneviève se relève, mais la tête lui tourne et son genou cogne contre le pied de la table. Elle trébuche et se retient des deux mains au mur. Elle tente de maîtriser son souffle et se retourne vers l'homme qui demeure immobile.

– Papa…

L'homme daigne relever la tête vers elle. Oui, c'est ce regard-là que Geneviève reconnaît : celui des pères pour qui leur fille ne trouve plus grâce à leurs yeux.

Une main secoue l'épaule de Louise.

– Louise, debout. T'as cours.

Autour de l'infirmière qui tente de faire lever la jeune fille, le dortoir se réveille. Les femmes quittent leur lit avec paresse, enfilent une robe, jettent un châle sur leurs épaules, attachent leurs cheveux avec lassitude et quittent la pièce pour le réfectoire. Au-dehors, la pluie de ces deux derniers jours se poursuit. Sur les pelouses du parc, les flaques s'épaississent ; des ruisseaux se faufilent entre les pavés ; les allées mouillées sont désertées.

– Louise !

Louise ramène la couverture à son visage d'un geste contrarié et se retourne sur l'autre flanc.

– Je suis fatiguée.

– C'est pas toi qui décides.

Louise ouvre grand les paupières et se redresse en position assise. L'infirmière marque un mouvement de recul face à la jeune folle.

– Où est Madame Geneviève ? Pourquoi c'est pas elle qui me réveille aujourd'hui ?

– Elle est pas là.

– Encore aujourd'hui ? Mais elle doit revenir, il y a cours !

– C'est moi qui t'emmène cette fois.

– Non. Non, je ne bouge pas sans elle.

– Ah bon.

– Non.

– Tu voudrais pas fâcher Charcot, quand même. Le docteur compte sur toi. Tu l'sais.

Comme une enfant que le chantage fait plier, Louise baisse les yeux. Dans le dortoir, on entend seulement les gouttes de pluie battre contre les carreaux. La pièce s'est refroidie et l'humidité fait frissonner les peaux.

– Alors ? Tu veux l'fâcher ?

– Non.

– C'est c'que j'pensais. Suis-moi.

Dans la loge attenante à l'auditorium, le même groupe de médecins et d'internes attend la jeune aliénée. L'infirmière ouvre la porte en maintenant d'une main le bras de l'examinée. Babinski se rapproche des deux femmes.

– Merci, Adèle. Mme Gleizes n'est toujours pas arrivée ?

– On l'a pas vue encore.

– Bon. Nous commencerons sans elle.

Babinski jette un coup d'œil à Louise : ses petites mains potelées tremblent doucement ; des mèches de cheveux tombent sur sa face pâle et inquiète.

– Adèle, boutonnez correctement sa robe et coiffez-la mieux que ça. Rendez-la présentable, on dirait une débile.

L'infirmière retient un soupir d'agacement. Sous les regards des hommes silencieux, elle saisit Louise par les épaules et reboutonne sa robe. Puis, de ses doigts malhabiles, elle ramène ses cheveux noirs et épais en arrière, griffant de ses ongles le front et le cuir chevelu de la jeune Louise qui mord ses lèvres pour retenir un sanglot. Elle espère voir Geneviève apparaître d'une seconde à l'autre. Elle guette les bruits de pas dans le couloir, fixe la poignée de la porte en souhaitant que celle-ci bouge. Tout semble incertain sans l'intendante. Cette femme, qui n'a pas su se faire aimer des aliénées, a su néanmoins se rendre indispensable à leur bien-être. Elle recadre les écarts, résout les problèmes avant qu'ils ne s'installent, et rassure Louise lors des cours publics. Sa présence seule atteste d'une attention, d'une veille, et met en confiance la fille mise en scène. Geneviève est le tuteur du service, la pièce sans qui cet échafaudage fragile s'effondrerait. Elle est la femme qui retient toutes les autres. Et lorsque Louise comprend qu'elle ne viendra pas ce matin, elle se laisse emmener dans l'auditorium avec l'apathie de quelqu'un ayant abandonné tout espoir.

Louise entre en scène et le public, entièrement masculin, retient son souffle. Le bois de l'estrade craque sous ses pas. D'ordinaire si enjouée, sa mine désabusée n'est pourtant remarquée par personne. Elle avance vers le milieu de la scène sous les regards des quelque quatre cents spectateurs, avides d'un tic, d'un geste, de quoi que ce soit qui leur prouverait qu'elle est bien folle. Louise se laisse faire. Elle ignore quelle main la manipule, quelle voix lui parle, l'hypnotise, quels bras la retiennent lorsqu'elle se sent tomber en arrière. Elle se laisse partir sachant qu'elle reviendra à elle d'ici une quinzaine de minutes. La séance sera alors finie, Charcot sera satisfait, et elle retournera dormir pour oublier ce mauvais passage. Oui, heureusement que dormir existe, pour ne penser à rien.

Mais le retour à l'état de conscience ne ressemble pas à celui qu'elle connaît d'ordinaire. Lorsqu'elle ouvre les paupières, les médecins se sont pressés autour d'elle, leurs visages inquiets sont penchés au-dessus de son corps allongé. Dans les rangs du public, un brouhaha nerveux, inhabituel, résonne. Ses oreilles bourdonnent, elle secoue la tête pour chasser ce son qui l'oppresse. Puis elle aperçoit Charcot qui pénètre le cercle d'hommes qui s'est formé autour d'elle. Le docteur s'accroupit à sa droite, lui montre l'instrument qu'il tient en main, une tige en métal, longue et pointue. Elle n'entend pas ce qu'il lui dit. Il appuie l'embout piquant de la tige sur le haut de son bras droit et nu, la manche ayant été retroussée. Par réflexe, elle cherche à éloigner son bras pour éviter la douleur mais ne parvient pas à bouger : son bras est bloqué. Charcot continue son entreprise. Il appuie l'instrument sur toute la partie droite de son corps à terre : la main, les doigts, le flanc, la cuisse, le genou, le tibia, le pied, les orteils enfin. Les médecins guettent d'un air inquiet une expression, une réaction de la part de Louise. Charcot, l'air plus concentré que soucieux, saisit maintenant la petite main gauche de la jeune fille : il pique son instrument dans sa paume, et Louise pousse un « Aïe ! » de douleur qui fait sursauter le cercle attroupé autour d'elle.

– Hémiplégie latérale droite.

Ça, elle l'a entendu. Elle est lucide désormais. De sa main gauche, elle s'empresse de saisir sa main droite immobile sur son ventre : elle la secoue, la tape, sans sensation, puis elle pince son bras droit, endormi, pince sa jambe droite qu'elle ne parvient plus à relever, s'énerve contre son corps qui ne répond plus d'un côté.

– Je sens plus rien. Pourquoi je sens plus rien ?

Elle rage, jure, continue de torturer ses membres droits paralysés dans le vain espoir de les stimuler, tente de se balancer de chaque côté pour faire revenir une sensation, même minime. Puis la colère cède la place à la panique, elle hurle, cherche à se redresser sans y parvenir, crie au secours, ses appels envahissent l'auditorium et pétrifient les spectateurs choqués. Alors, seulement alors, entre les corps figés des médecins et des internes qui l'observent sans savoir quoi faire, Geneviève apparaît. L'intendante, le visage épuisé par une seconde nuit dans le train, découvre sur le plancher Louise qui la voit à son tour et l'appelle d'une voix déchirée.

– Madame !

Louise a tendu son bras gauche vers celle qu'elle n'attendait plus, et dans le même élan, Geneviève s'est agenouillée et a pris la jeune fille dans ses bras. Les deux femmes restent ainsi enlacées, partageant une peine qu'elles seules comprennent, et derrière elles, le public masculin, décontenancé, incertain, n'ose même plus respirer.

10

Le 15 mars 1885

Place Pigalle. Au pied d'un réverbère, un employé de mairie tend sa perche et allume la lanterne au gaz. La pluie a cessé. Les trottoirs sont humides, de l'eau s'échappe encore des bouches des gouttières. Aux fenêtres, on secoue les volets en bois de leurs gouttes ; les commerces et les cafés font tomber l'eau amassée sur les stores en frappant sous la toile à l'aide de manches à balai. L'allumeur traverse la place pour poursuivre l'éclairage du crépuscule.

Arrivée en haut de la rue Jean-Baptiste-Pigalle, Geneviève fait une halte. Elle pose les mains sur ses hanches et reprend son souffle. La route est longue, depuis la Salpêtrière jusqu'au chemin pentu qui mène vers Montmartre. Elle a marché vite, si vite d'ailleurs que son chapeau a failli s'envoler à plusieurs reprises dans le vent des Grands Boulevards. Redoutant d'arriver à Pigalle à la nuit tombée, elle s'est mise en route avant la fin de son service, d'un pas pressé. Dans la dernière montée du trajet, elle a été frappée de distinguer au loin, tout en haut de la butte montmartroise, les échafaudages de la nouvelle basilique dont parle tout Paris. La silhouette du monument imposant se dessinait en haut de la colline, ramenant une fois encore les Parisiens à un souvenir qu'ils aimeraient pourtant oublier, celui de la Commune.

Geneviève examine les alentours avec méfiance. Le calme qui règne sur la place l'étonne. À en croire les journaux et les romans, le quartier semblerait à priori peu séduisant. Composé de cabarets et de maisons closes, il rassemblerait toute une population de vicieux et de truands, de filles légères et de maris infidèles, d'excentriques et d'artistes. On ne saurait trouver d'autre quartier à Paris où les mœurs soient plus bafouées et les sens plus excités. À cause de cette réputation sulfureuse, Geneviève n'y a jamais mis les pieds et n'a jamais pu vérifier ces dires par elle-même. Sa vie s'est faite entre sa chambre et la Salpêtrière, sans qu'elle ressente le désir d'aller voir ailleurs, de connaître d'autres quartiers de Paris.

Elle rejoint le trottoir de droite. Un café occupe l'angle, la Nouvelle Athènes. À l'intérieur, la foule est si dense qu'on ne distingue presque plus les banquettes rouge bordeaux. Fatigués par la pluie incessante, les habitants du quartier se sont réfugiés entre les murs jaune ocre de leur lieu de rendez-vous habituel. Les vapeurs de tabac se mélangent au brouhaha des débats intellectuels. Certains s'animent, appuient leurs propos d'une main assurée, commandent une nouvelle absinthe. D'autres, plus sages, observent la foule et grattent au crayon un croquis sur leur carnet, fument, le regard baissé. Ici les femmes ont le regard ironique et la taille séduisante, les hommes ont le verbe qui se défie et l'attitude nonchalante et engagée. À chaque café son humeur, et la Nouvelle Athènes est le nid d'une effervescence certaine – même Geneviève, en étrangère attentive, le perçoit alors qu'elle longe la devanture : à cet endroit, des esprits avant-gardistes se rencontrent, et s'inspirent.

Perpendiculairement au boulevard de Clichy, Geneviève s'engage dans la rue Germain-Pilon et pénètre dans un immeuble de quatre étages. La cage d'escalier est exiguë, humide et obscure. Au dernier palier, derrière la porte de droite, des rires de femmes se font entendre. Geneviève frappe trois coups. À l'intérieur, des pas se rapprochent.

– Qui c'est ?

– Geneviève. Gleizes.

La porte s'entrouvre, découvrant une jeune femme à la bouche rouge, éclatante, ce qui surprend Geneviève : elle n'a pas l'habitude de voir des visages aussi maquillés. L'inconnue remarque sa surprise, la regarde avec insistance des pieds à la tête, et croque dans le trognon de pomme qu'elle tient entre les doigts.

– Vous voulez ?

– Est-ce que Jeanne est là ? Jeanne Beaudon.

– On l'appelle plus comme ça. Jeanne, c'est l'passé. C'est mam'zelle Jane Avril, maint'nant. Comme les Anglais.

– Ah.

– Z'êtes qui ?

– Geneviève Gleizes. De la Salpêtrière.

– Oh.

La jeune femme ouvre la porte. Elle est en nuisette, rouge elle aussi, qui tombe sur ses genoux. Des fleurs habillent son énorme chignon.

– Entrez.

Dans le modeste appartement, il faut tracer son chemin pour parvenir au salon : coffres de vêtements et de costumes, chats qui se frottent aux mollets, miroirs en pied, commodes encombrées d'affaires, de bijoux, d'accessoires, chaises en bois disposées un peu partout. Dans le salon, où des effluves de parfum à la rose et de tabac se mêlent, quatre femmes jouent aux cartes, assises sur le parquet ou sur le sofa. Éclairées par des lampes à huile, elles sont elles aussi vêtues de façon légère et confortable : une simple robe de chambre, les bras nus, parfois couverts d'un châle qu'elles ont elles-mêmes tricoté. Elles fument et boivent de petits verres de whisky.

Au pied du sofa, une petite brune accorte jette un œil au jeu de cartes et ronchonne.

– Encore Lison qui gagne, c'est tout d'même pas possible.

– Ça s'appelle le talent.

– Ça s'appelle la triche, plutôt.

– Sois pas mauvaise perdante, ça t'donne une sale tronche.

– C'est ton parfum qui m'contrarie : tu cocottes jusqu'à la place Clichy.

– Au moins, j'sentirai pas leurs odeurs d'homme cette nuit.

Lorsque les deux femmes pénètrent dans le salon, la plus jeune du groupe reconnaît Geneviève. Sa bouche s'ouvre de surprise, elle abandonne ses cartes et tend ses deux mains vers l'intendante.

– Madame, quelle surprise. Qu'est-ce qui vous amène ?

– Je voulais te rendre une visite. Tu n'es pas occupée ?

– Du tout. Allons dans la cuisine.

Dans la cuisine rustique éclairée par quelques bougies, l'adolescente de dix-sept ans prépare du café sur un petit feu. Il y a plus d'un an, Jeanne dormait dans le dortoir avec les autres aliénées. C'était une petite fille fragile et nerveuse qui avait été admise à la Salpêtrière : victime de crises d'épilepsie et des coups d'une mère alcoolique, elle avait été sauvée d'un saut désespéré dans la Seine par des prostituées qui passaient sur son chemin. Jeanne était demeurée deux ans dans le service de Charcot. C'est là qu'elle avait découvert la danse, le mouvement du corps, de son corps. Elle occupait l'espace et laissait parler une grâce qui ne demandait qu'à exister. À sa sortie, elle avait rejoint Montmartre où elle avait continué à danser, dans des troquets, des cabarets, n'importe où pourvu qu'une estrade lui permît de s'affranchir d'une enfance qui voulait la paralyser. Depuis sa sortie, elle était venue rendre visite à l'hôpital à deux reprises. Sa taille élancée, son visage ovale en camée, ses yeux de faon et sa bouche mutine attiraient l'œil et la sympathie. On voulait l'écouter parler, la regarder se déplacer dans l'espace, on ne se lassait pas de cette gamine à la fois mélancolique et charismatique.

– J'crois qu'on n'a plus de sucre, madame.

– Ce n'est pas grave. Assieds-toi.

Jeanne tend la tasse à Geneviève et s'assoit face à elle sur une petite table en bois. L'intendante resserre ses mains autour de la tasse chaude. Elle a gardé son chapeau et son manteau.

Par la fenêtre, on aperçoit des fiacres qui traversent la place Pigalle.

– C'est déjà passé le bal de la mi-carême, cette année ?

– Non, c'est dans trois jours.

– Oh. Les filles doivent être excitées.

– Elles ont hâte, oui.

– Et comment elle va, Thérèse ?

– Pareille à elle-même. Elle tricote.

– J'ai encore les châles qu'elle m'a offerts. Je souris quand j'les vois et quand j'les porte.

– Ça ne te dérange pas, de garder quelque chose de l'hôpital ?

– Oh non, madame.

– Je veux dire, ça ne te rappelle pas de mauvais souvenirs ?

– Loin d'là. J'ai aimé la Salpêtrière.

– Vraiment ?

– Sans vous, sans le docteur Charcot… j'aurais jamais été tirée d'affaire. C'est grâce à vous que j'vais mieux.

– Mais même… même avec le recul aujourd'hui… n'y a-t-il pas des choses qui t'ont gênée ? À aucun moment ?

La jeune fille regarde Geneviève avec étonnement. Elle réfléchit un instant, puis tourne la tête vers la fenêtre.

– C'est la première fois que j'ai senti qu'on m'aimait, là-bas.

Geneviève regarde elle aussi par la fenêtre. Elle se sent fautive d'être ici, de poser ces questions – pas vis-à-vis de Jeanne, mais vis-à-vis de la Salpêtrière. Il lui semble qu'elle trahit l'hôpital. Elle n'a pourtant jamais remis en question ses pratiques. Jusqu'ici personne, pas même les internes, ne pouvait mieux défendre le lieu. Les noms de l'institution et du médecin qui faisait sa réputation étaient placés haut dans son estime. Ils le sont toujours, d'ailleurs. Mais un doute s'est installé.

Comment est-il raisonnable de croire en une chose si longtemps pour un jour être capable de la remettre en question ? À quoi bon soutenir des certitudes si celles-ci peuvent être ébranlées ? Il serait donc impossible de se fier à soi-même. Il serait donc possible de revenir sur sa propre loyauté à l'égard de l'hôpital dont elle a toujours porté les valeurs.

Geneviève pense à Louise. Lorsque le train est arrivé en gare de Paris ce matin, elle s'est précipitée dans le premier fiacre en direction de la Salpêtrière. Une fois sur place, elle a couru vers l'auditorium. Elle n'avait pas passé les portes battantes de la salle qu'elle entendait déjà les hurlements de Louise résonner de l'intérieur. Ce qui l'avait d'abord choquée, en entrant, c'était l'inertie générale des hommes présents. Le corps de Louise était étendu sur l'estrade. Elle agitait son bras gauche, criait, appelait au secours, sans qu'aucun homme intervienne, comme si ce désespoir féminin les pétrifiait. Geneviève avait déjà compris ce qui se passait : de loin, elle avait noté l'immobilité de la partie droite du corps. Elle était montée sur l'estrade, avait écarté les gêneurs et instinctivement pris l'adolescente dans ses bras. Elle n'avait pas réfléchi à ce geste, nouveau pour elle. Jamais elle n'avait enlacé des aliénées – ni qui que ce soit d'autre, d'ailleurs. La dernière étreinte qu'elle avait partagée était avec Blandine.

Geneviève avait ainsi gardé Louise contre elle jusqu'à ce que sa crise de larmes passe. Puis on avait reconduit la jeune fille épuisée dans le dortoir et présenté des excuses au public choqué.

Plus tard dans la matinée, Babinski avait expliqué à Geneviève que la séance d'hypnose avait été poussée un peu plus loin qu'à l'habitude, et que la crise d'hystérie avait ainsi été plus intense, ce qui avait provoqué une hémiplégie du côté droit. « *C'est tout à fait exceptionnel et intéressant pour l'étude. Nous allons travailler sur le cas. Et nous tenterons de renverser sa paralysie lors du prochain cours.* » La remarque avait gêné l'intendante. La fatigue de ces deux nuits en train augmentait d'autant plus son trouble. Depuis les mots de son père, elle se sentait vulnérable, et incapable de raisonner. Elle décida de reprendre le service normalement afin d'éviter de penser. C'est seulement dans l'après-midi, quand elle entendit deux aliénées évoquer la petite Jeanne Beaudon, qu'elle eut l'idée de rendre visite à celle qui avait connu ces murs et qui en était sortie. Elle avait besoin de parler à quelqu'un qui savait.

Dans la cuisine, Jeanne s'est relevée et cherche dans les placards une boîte d'allumettes. Elle sort une petite cigarette de la poche de son tablier et l'allume. Debout, elle observe avec attention cette femme blonde qu'elle a côtoyée pendant deux ans. Cette dernière regarde vers la fenêtre. Sur son visage, la mélancolie a remplacé la rigueur qui semblait devoir l'habiter pour toujours.

– Vous avez changé, Madame Geneviève.
– Oui ?
– Votre regard. C'est plus l'même.
Geneviève prend une gorgée de café et garde les yeux fixés sur sa tasse.
– Peut-être bien.

À la Salpêtrière, des éclaircies intermittentes égayent ce début d'après-midi. Encouragées par le répit de la pluie qui semblait n'en plus finir, les femmes sont sorties se promener dans le parc ; d'autres sont allées se recueillir dans la chapelle. Têtes baissées face à la Vierge, face au Christ, elles prient en silence ou en murmurant ; elles prient pour être guéries, prient pour leur époux ou leur enfant dont elles ont oublié le visage, elles prient sans raison particulière, simplement pour s'adresser à quelqu'un, dans l'espoir qu'on reçoive leur message quelque part, comme si Dieu était plus à même de les entendre qu'une infirmière ou une autre aliénée.

Dans le dortoir, restent celles qui effectuent les dernières retouches sur leurs costumes. Les rayons de soleil éclairent les lits où les femmes sont assises. Seules ou à plusieurs, elles coupent, cousent, plient, collent avec gaieté tissus et broderies. Dans trois jours a lieu le bal. L'impatience excite les esprits ; des rires nerveux et euphoriques éclatent de temps à autre.

Dans un coin du dortoir, à l'écart des groupes de confectionneuses, Thérèse caresse doucement les cheveux de Louise. La plus âgée des internées a abandonné ses accessoires de tricot et veille sur la jeune adolescente. Couchée sur le dos, le bras droit plié, sa main paralysée ramenée contre son sein, Louise laisse les doigts de Thérèse glisser affectueusement sur ses cheveux épais. Depuis la veille, elle n'a pas prononcé un mot. Son regard erre sans intention précise, sans vraiment voir quoi que ce soit. Les infirmières tentent régulièrement de lui faire avaler quelque chose, un morceau de pain, du fromage – un carré de chocolat lui a même exceptionnellement été apporté, en vain. On la croirait, sous les draps, entièrement pétrifiée.

Sur le lit voisin, Eugénie observe la scène. Depuis la veille, sur ordre de Geneviève, elle est autorisée à dormir dans le dortoir, avec les autres. Elle est arrivée en même temps qu'on ramenait Louise, qui perdait à moitié connaissance. Thérèse, stupéfaite, avait délaissé son tricot pour accueillir l'enfant métamorphosée par une séance. « Oh non, non, ma p'tite Louise… Qu'est-ce qu'ils t'ont fait ? » Thérèse retenait ses larmes en aidant les internes à mettre Louise au lit. La mélancolie avait abattu le dortoir. Aujourd'hui, les filles n'étaient que trop heureuses d'échapper à la morosité ambiante.

Eugénie est assise en tailleur sur le lit, les bras croisés sur sa poitrine. En observant Louise, la même colère sourde gronde dans sa poitrine. Elle sait qu'elle ne peut rien faire. Comment se révolter contre les infirmières, les médecins, *le* médecin, cet hôpital, lorsque le moindre mot prononcé trop haut vous vaut d'être isolée ou d'avoir un mouchoir à l'éther plaqué sur le visage.

Elle jette un coup d'œil au parc derrière la fenêtre. Au loin, des promeneuses foulent les allées où tombent des rayons de soleil. À les voir, la même sensation de son enfance lui revient – celle qu'elle ressentait lorsque ses parents l'emmenaient se promener au parc Monceau. Des dimanches de printemps et d'été passés à longer les allées principales, les petites allées plus ombragées, à observer le bassin et ses colonnades, à traverser le pont blanc et ses balustrades, à croiser sur son chemin d'autres enfants en plein jeu, des femmes dont elle admirait les toilettes, des bourgeois qui accentuaient leurs propos de leur canne. Elle se souvient aussi des pique-niques en famille sur les pelouses, de la sensation de l'herbe fraîche sous la paume, du platane d'Orient dont elle caressait l'écorce épaisse, des moineaux qui volaient en sifflant d'une branche à l'autre, de toute une foule d'ombrelles et de crinolines, des enfants qui couraient derrière des petits chiens, des hauts-de-forme noirs et des chapeaux à fleurs, de l'immense paix d'un endroit où le temps était suspendu, où il faisait bon vivre, une époque où elle et son frère pouvaient encore profiter du présent sans craindre l'avenir.

Elle secoue la tête et chasse ces pensées de son esprit. La mélancolie n'est pas dans sa nature, mais ces souvenirs seuls suffiraient à la faire plonger dans une torpeur dont elle n'aurait actuellement pas la force de se relever.

Sur le lit d'en face, Louise finit par tourner vers Thérèse son visage rond et pâle, semblable à la lune.

– Il m'aimera jamais, Thérèse.

Thérèse, surprise puis soulagée de l'entendre enfin parler, soulève les sourcils et sourit.

– Qui ça ?

– Jules.

La doyenne se retient de lever les yeux au ciel et continue de caresser les cheveux de Louise.

– Il t'aime déjà. C'est toi qui m'l'as dit.

– Oui mais… pas comme ça.

– On va t'soigner. J'ai vu Charcot soigner des hémiplégies.

– Et si on me la soigne pas, à moi ?

Thérèse marque une pause. Elle n'a jamais vu Charcot soigner des patientes atteintes d'hémiplégie. Sa malhonnêteté envers Louise la gêne, mais mentir est parfois plus qu'une nécessité, c'est un confort.

Une voix provenant de l'entrée du dortoir fait sursauter les trois femmes.

– Thérèse !

Leurs têtes se tournent dans la même direction.

Dans l'encadrement de la porte, une infirmière fait signe à Thérèse de s'approcher.

Thérèse pose sa main sur l'épaule de Louise. Cette interruption la soulage, elle ne se sentait pas de mentir encore.

– J'ai examen, Louise, j'reviens. J'te laisse en bonne compagnie.

Thérèse adresse un sourire à Eugénie et quitte le dortoir. Arrivée à la porte, elle se raidit en croisant Geneviève, qui entre à son tour. Les deux femmes s'immobilisent en se voyant. Thérèse regarde l'intendante avec un air de tristesse et de rancune.

– Vous l'avez pas protégée, Geneviève.

Thérèse quitte le dortoir et laisse Geneviève sur place. Cette critique lui pince la poitrine. Elle lève les yeux vers Louise : au pied de son lit, Eugénie est debout. Elle ne bouge plus. Sa tête est légèrement tournée à droite, comme si, derrière son épaule, elle entendait quelque chose, ou quelqu'un.

Dans le dortoir, les autres aliénées ne remarquent pas la scène. Les robes à peaufiner pour le bal qui approche occupent toute leur attention. Les infirmières, elles, rôdent autour des groupes pour s'assurer que ces esprits lunatiques ne s'emportent pas.

Geneviève s'approche discrètement des deux jeunes filles isolées. Près de Louise, Eugénie demeure immobile. Ses cheveux ébène sont ramenés en chignon sur le haut de sa tête, dégageant sa nuque droite et élégante. Son visage reste tourné sur le côté. Elle écoute. De temps à autre, elle hoche doucement la tête, à peine, le mouvement ne serait même pas perceptible si Geneviève ne scrutait pas les moindres réflexes de son corps.

Eugénie pose alors sa main sur l'épaule gauche de Louise. Puis, doucement, sans faire plus de bruit, évitant d'attirer l'attention des autres, elle se penche vers la jeune fille et lui chante une comptine :

« *Toi mon enfant, ma fille,*
Ta peau comme du lait,
Sais-tu à quel point brillent
Tes deux yeux si parfaits ?
Mon âme s'illumine
À te savoir si près. »

Les yeux de Louise s'écarquillent, puis dévisagent Eugénie.

– C'est… c'est la chanson que m'chantait maman. Pour moi.

Sa main gauche remonte vers sa poitrine pour trouver son autre main inerte et la serre entre ses doigts. Des souvenirs traversent ses yeux.

– Comment tu la connais ?

– Tu l'as chantée une fois.

– Ah oui ?

– Oui.

– J'm'en souviens plus…

– Je pense que ça ferait plaisir à ta maman que tu ailles au bal dans trois jours.

– Oh non, maman m'trouverait laide comme ça.

– Au contraire, elle te trouverait très belle. Et elle voudrait que tu mettes ton costume et profites de la musique. Tu aimes la musique, n'est-ce pas ?

– Oui.

La main gauche de Louise continue de tripoter sa main droite nerveusement. Sa bouche fait une moue hésitante. Après un court instant, elle saisit brusquement la couverture, la ramène au-dessus de son visage, et disparaît sous le drap. Ne dépasse, sur l'oreiller blanc, qu'une masse de cheveux épais et emmêlés.

Eugénie se retourne. Elle tend une main vers son lit, comme si elle se sentait défaillir, et parvient à s'asseoir de justesse sur le matelas. Son corps s'est laissé tomber avec lourdeur. Elle porte son autre main à son visage et respire profondément.

Geneviève n'ose bouger. Lorsqu'elle a compris ce qui se passait, son souffle s'est arrêté. Durant quelques secondes, elle n'a pas respiré et ne s'en est rendu compte qu'ensuite. L'avoir vécu pour soi est une chose : en être témoin relève du miracle.

Elle avance vers Eugénie. Cette dernière, courbée sur elle-même, entend les talons approcher et relève son visage blême. Voyant Geneviève, elle se redresse.

– J'ai vu ce que tu viens de faire.

Les deux femmes se dévisagent un instant. Elles ne se sont pas parlé, depuis ce soir où Eugénie a annoncé à Geneviève que son père était blessé. Elle avait elle-même été étonnée de la façon dont elle avait reçu le message. Après plus d'une heure à attendre une visite qui ne venait pas, la pièce s'était brutalement alourdie, et une fatigue tout aussi soudaine l'avait accablée. Elle sentait cette charge partout, en elle, dans les meubles, jusqu'à la poignée verrouillée et qui empêchait Geneviève de sortir. Elle ne voyait pas Blandine : cette fois, elle distinguait ce que la voix de Blandine décrivait. C'était des photographies en couleurs, comme un album que l'on faisait défiler devant ses yeux, et ces images étaient vives, précises, jusque dans les moindres détails. Elle voyait la maison de leur père, la cuisine, la table où il dînait, le corps de l'homme à plat ventre sur le carrelage, son arcade blessée ; elle avait vu le cimetière aussi, les deux tombes, la mère et la fille, les tulipes que le veuf était venu déposer. Et la voix de Blandine insistait, pressait, il fallait convaincre Geneviève, et celle-ci avait fini par être convaincue. Elle était sortie de la pièce, et Blandine était partie en même temps. Eugénie s'était allongée sur le lit et n'avait pas dormi de la nuit. Cet épisode l'avait troublée. Elle commençait à peine à s'habituer à voir des défunts et à les entendre, et il fallait maintenant qu'elle soit capable de voir autre chose, des images, des scènes plutôt, qui n'étaient pas le produit de son imagination. Elle se sentait instrumentalisée, dépossédée d'elle-même : on utilisait son énergie, sa prédisposition, pour faire passer un message, et on l'abandonnait dans un état d'épuisement avancé lorsqu'on n'avait plus besoin d'elle. Elle n'avait plus aucun contrôle sur ce qui était en train de se passer. Elle s'interrogea sur l'utilité de subir ces états intenses, exigeants, psychiquement et physiquement. Il ne semblait pas raisonnable d'avoir ce don.

Depuis, ces craintes n'avaient cessé de la tourmenter. Un seul homme était en mesure de lui apporter des réponses, et il n'était pas ici, mais rue Saint-Jacques.

Geneviève voit les infirmières regarder dans leur direction. Ayant repris sa rigueur habituelle, elle pointe son doigt vers Eugénie.

– Fais ton lit.

– Comment cela ?

– On nous regarde. On ne peut converser comme si on était deux amies. Fais ton lit, je te dis.

Eugénie remarque à son tour les regards attentifs des infirmières. Elle se lève péniblement et secoue son oreiller en plumes. Geneviève indique de son index des instructions improvisées.

– J'ai vu ce que tu as fait avec Louise. C'est remarquable.

– Je ne sais pas.

– Cale bien le drap entre le matelas et le sommier. Pourquoi dis-tu cela ?

– Ce que je fais n'est pas remarquable. J'entends des voix, voilà tout.

– Tout le monde souhaiterait avoir ton don.

– Je le céderais volontiers si cela était possible. Il ne me sert à rien, excepté à m'épuiser. Que dois-je faire une fois le lit terminé ?

– Fais-en un autre.

Les deux femmes se décalent au lit suivant, où Eugénie secoue, plie, arrange les draps, la couverture, l'oreiller. Geneviève continue d'ordonner les procédures à suivre.

– Tu te leurres si tu penses que cela ne sert à rien.

– J'ignore ce que vous attendez encore de moi. Vous avez eu la preuve que vous vouliez. Allez-vous m'aider ou non ?

Eugénie tape rageusement l'oreiller contre le matelas. L'attention des infirmières s'est désormais arrêtée sur les deux femmes, en particulier sur Eugénie. Leurs regards sont en alerte, les mains dans les poches de leur tablier, prêtes à sortir un flacon d'éther.

La tension ne dure pas longtemps. Soudain, une voix retentit au milieu de ce silence étouffé.

– Madame Geneviève !

Une infirmière vient d'entrer dans le dortoir et accourt vers Geneviève. Des taches de sang sont visibles sur son tablier blanc. Les aliénées cessent leur activité et regardent l'infirmière paniquée courir entre les rangées de lits.

– Madame, venez vite !

– Qu'est-ce qu'il se passe ?

– C'est Thérèse !

L'infirmière, les joues blêmes, s'arrête juste en face de Geneviève.

– Le docteur a dit à Thérèse qu'elle était guérie, qu'elle pouvait quitter l'hôpital.

– Eh bien ?

– Elle s'est ouvert les poignets aux ciseaux.

Des cris résonnent dans le dortoir. Des aliénées se sont relevées et trépignent sur place, d'autres s'effondrent sur les lits. Les infirmières interviennent pour calmer les esprits soudainement affolés. D'un seul coup, l'humeur générale qui était à la gaieté bascule. Louise baisse sa couverture. En émerge un visage effaré.

– Thérèse ?

Geneviève suffoque. La panique qui s'est propagée entre les lits l'étourdit. Elle ne maîtrise plus rien. Le fragile équilibre qu'elle avait réussi à construire ici s'est brisé – désormais, tout lui échappe sur une pente glissante.

– Madame, venez.

La voix de l'infirmière la fait réagir, et l'intendante presse le pas. Eugénie la regarde partir. Elle a gardé l'oreiller entre ses mains et le serre contre sa poitrine. Derrière elle, Louise pleure. Elle voudrait elle aussi laisser couler ses larmes mais s'y refuse. Elle s'assoit d'un air las sur le rebord du lit et tourne la tête vers les fenêtres. Au loin, une éclaircie tombe sur les pelouses du parc.

Geneviève frappe trois coups à la porte. Elle prend une inspiration, ramène ses mains derrière son dos et tripote ses doigts nerveusement. Au-dehors, la nuit est tombée. Les couloirs de l'hôpital sont silencieux.

Une voix à l'intérieur finit par répondre.

– Entrez.

Geneviève tourne la poignée. Dans le bureau, l'homme est assis à sa table d'étude ; penché en avant, il gratte à la plume ses dernières notes du jour.

La pièce est calme, presque solennelle. Plusieurs lampes à huile éclairent les murs, les meubles et la silhouette épaisse de celui qui achève de noter ses observations. Une odeur de tabac froid erre entre les livres et les bustes en marbre disposés de part et d'autre.

Geneviève fait un pas timide en avant. L'homme est concentré sur ses écrits, les deux bras sur la table. Une fine cravate noire portée en nœud habille son cou ; par-dessus sa chemise blanche, un gilet et un veston sombres. L'homme semble maintenir sa posture imposante en toute circonstance. Seul ou face à son public recueilli, il fait peser dans chaque pièce qu'il occupe une gravité que Geneviève n'a jamais vue égalée.

– Docteur Charcot ?

L'homme lève son visage studieux vers elle. Ses paupières et sa bouche tombantes confèrent à son expression quelque chose de soucieux et de hautain.

– Geneviève. Prenez place.

Geneviève s'assoit face au bureau. La présence de cet homme la déstabilise. Elle n'est pas seule à en être troublée. Elle a déjà vu des folles s'évanouir au contact de la main de Charcot ; d'autres, feindre des crises pour obtenir son attention. Lorsqu'il effectue de rares visites dans le dortoir, l'humeur change brutalement dans la salle : il entre, et c'est soudain toute une petite cour de femmes qui minaudent, qui paradent, qui simulent la fièvre, qui pleurent, qui supplient, qui se signent. Les infirmières rient comme des jeunes filles effarouchées. Il est à la fois l'homme qu'on désire, le père qu'on aurait espéré, le docteur qu'on admire, le sauveur d'âmes et d'esprits. Quant aux médecins et internes qui le suivent lorsqu'il traverse les rangs, c'est une autre petite cour fidèle, admirative et silencieuse, qui renforce la légitimité de celui qui règne en maître sur l'hôpital.

Il n'est pas bon de faire tant l'éloge d'un seul homme. Geneviève, qui ne montre rien, y contribue pour une bonne part. À ses yeux, le neurologue incarne toute l'excellence de la science et de la médecine. Plus qu'un époux qu'elle aurait pu désirer, Charcot est un maître, et elle en est l'élève privilégiée.

Dans le bureau silencieux, l'homme poursuit l'annotation de ses fiches.

– Je n'ai pas pour habitude de vous recevoir ici. Y a-t-il un souci ?

– Je souhaitais vous parler d'une patiente. Eugénie Cléry.

– Savez-vous combien d'aliénées compte la Salpêtrière ?

– Celle qui communique avec les défunts.

L'homme cesse d'écrire et lève la tête vers l'intendante. Il pose la plume dans l'encrier et s'adosse sur sa chaise.

– Oui, Babinski m'en a fait part. Est-ce vrai ?

Geneviève redoutait cette question. Si elle révèle qu'Eugénie parle bien aux morts, on en fera une hérétique. Elle ne sera pas soignée mais enfermée, et ne pourra jamais plus sentir la brise extérieure. À l'inverse, si l'on prétend qu'elle fabule, elle sera considérée comme une vulgaire mythomane.

– Je sais seulement que depuis que je l'observe, je ne constate absolument rien d'anormal chez elle. Elle n'a pas sa place avec les autres filles d'ici.

Charcot fronce les sourcils. Il réfléchit un instant.

– Quand a-t-elle été internée ?

– Le 4 mars dernier.

– C'est encore trop tôt pour savoir s'il est juste ou non de la faire sortir.

– Il n'est pas juste non plus de maintenir des femmes normales au milieu de centaines d'aliénées.

L'homme dévisage Geneviève un bref instant. Il recule sa chaise dans un grincement strident et se lève. Le parquet craque sous ses pas. Derrière le bureau, il ouvre une boîte à cigares posée sur une console.

– Si cette fille entend vraiment des voix, quelque chose de l'ordre du neurologique est à comprendre. Si elle ment, c'est une folle. Du même ordre que l'aliénée qui prétend être Joséphine de Beauharnais, ou l'autre clamant être la Sainte Vierge.

Un sentiment de frustration secoue Geneviève. Elle se lève à son tour de sa chaise. De l'autre côté du bureau, Charcot allume un cigare.

– Docteur, excusez-moi, mais Eugénie Cléry n'a rien à voir avec ces femmes-là. Je travaille au sein du quartier depuis assez longtemps pour l'affirmer.

– Depuis quand prenez-vous la défense des aliénées, Geneviève ?

– Entendez-moi : nous avons le bal dans deux jours. Le travail des infirmières est plus exigeant en cette période. De plus, le quartier a été profondément ébranlé par l'accident de Louise, puis celui de Thérèse. L'environnement n'est vraiment pas propice à une jeune femme qui ne présente aucun symptôme manifeste…

– Ne l'avez-vous pas placée en isolement ?

– Pardon ?

– Après son examen médical, Babinski m'avait décrit une scène de révolte peu commune. Vous l'aviez isolée, n'est-ce pas ?

Geneviève est prise de court. Elle tâche de ne pas baisser le regard : ce serait un aveu de faiblesse. Elle n'ignore pas l'œil des médecins. Elle a eu droit toute sa vie à celui de son père. La déformation professionnelle de ces hommes-là fait que rien ne leur échappe : une blessure, une anomalie, un trouble, un tic, une faiblesse. Que vous le souhaitiez ou non, ils lisent en vous.

– Je l'ai en effet isolée. C'est la procédure.

– Vous avez pu constater que cette jeune femme est troublée. Mythomane ou médium, elle est agressive et dangereuse. Elle a toute sa place ici.

Cigare en main, Charcot revient s'asseoir : il retire la plume de son encrier et poursuit ses observations.

– À l'avenir je vous prierai, Geneviève, de ne plus me déranger pour des cas particuliers. Votre place ici se limite à la prise en charge des aliénées, non à leur diagnostic. Ne sortez pas de votre rôle, s'il vous plaît.

La remarque résonne dans la pièce telle une détonation. L'homme a repris ses notes et ignore celle qu'il vient d'admonester. Une humiliation à huis clos. Reléguée au rang de simple infirmière-soignante par celui qui est arrivé à la Salpêtrière après elle. Aux yeux de l'homme qu'elle place au-dessus des autres, des années de travail, de loyauté, n'ont pas suffi à donner une légitimité à ses propos.

Geneviève demeure un instant étourdie. La parole lui manque. Comme toutes ces fois où elle était grondée dans la chambre de son père, elle a ramené sa tête entre les épaules, et ses poings se sont serrés pour ne pas pleurer. Elle encaisse la réprimande sans dire mot, puis s'éclipse de la pièce pour ne pas déranger davantage le docteur retourné à son travail et désormais indifférent à sa personne.

11

Le 17 mars 1885

Du café est servi dans les tasses en porcelaine. Autour de la table, les couverts tintent contre les assiettes. Le pain acheté ce matin est encore chaud ; en ouvrant la croûte en deux, la mie brûle presque le bout des doigts. Au-dehors, une pluie battante cogne contre les vitres des fenêtres.

Théophile remue machinalement sa cuillère dans le liquide noir et fumant. Il ne supporte plus le silence des petits déjeuners en famille – un silence indifférent à la chaise vide qui lui fait face. Comme si elle n'avait jamais existé, le prénom d'Eugénie n'est plus prononcé au sein de la maison. Depuis deux semaines, son absence n'a rien changé aux habitudes du foyer. Le silence matinal est le même. On beurre une tartine, on trempe un biscuit dans la tasse, on mastique l'omelette, on souffle sur la surface du café pour le refroidir.

Une voix le tire de sa rêverie.

– Tu ne déjeunes pas, Théophile ?

Le jeune homme lève les yeux. À côté de lui, sa grand-mère soutient son regard et prend une gorgée de thé. Le sourire de cette vieille femme lui est insoutenable. Il serre son poing sous la table.

– Je manque un peu d'appétit, grand-mère.

– Tu manges moins le matin, en ce moment.

Théophile se garde de répondre. Sans doute mangerait-il normalement si cette femme à la douceur trompeuse n'avait pas trahi la confiance que sa petite-fille lui avait accordée. Son visage ridé ment : on la penserait bienveillante et tendre, toujours une main qui caresse le visage d'un plus jeune, des yeux bleus qui savent s'attarder sur vous. Pourtant, sans cette aînée passée maître dans l'art de la duperie, Eugénie serait toujours à table ce matin. La vieille femme, que les années n'ont su rendre ni sénile ni sage, n'ignorait pas ce qui se passerait en dénonçant la confidence qui lui avait été faite.

Théophile lui en veut d'avoir trompé Eugénie. Il en veut à son père de l'avoir fait interner sans préavis, à sa mère d'avoir été passive et faible, comme toujours. Il voudrait bousculer cette table mutique, balancer assiettes et tasses au sol, confronter chacun d'entre eux à cette décision déplorable, mais il demeure immobile. Depuis deux semaines, sa lâcheté égale celle des autres. Après tout, lui aussi a contribué à l'internement de sa sœur. Il s'est plié aux ordres de son père. Il n'a pas prévenu Eugénie. Il l'a même conduite jusqu'à l'intérieur de cet hôpital damné, alors qu'elle le suppliait de ne pas le faire. La honte qui le ronge intérieurement l'empêche de dire quoi que ce soit. Sa colère envers ceux assis à table est illégitime, car le même reproche pourrait lui être adressé. Sa grand-mère est parvenue à faire en sorte que tous, ici, soient coupables.

La sonnette d'entrée fait sursauter le petit groupe. Louis dépose le plateau de thé et quitte le salon. En bout de table, François Cléry sort une montre gousset d'une poche de son gilet.

– Il est tôt pour les visites encore.

Louis revient dans le salon.

– Monsieur, il s'agit de Mme Geneviève Gleizes. De la Salpêtrière.

Le nom de l'hôpital jette un froid autour de la table. Personne ne s'attendait à ce que ce lieu soit évoqué – surtout, personne n'en avait l'envie. Après un instant d'étonnement, le père Cléry fronce les sourcils.

– Enfin, que veut-elle ?

– Je l'ignore, monsieur. Elle demande à vous voir, ainsi que monsieur Théophile.

Théophile se redresse sur sa chaise et rougit. Les regards se tournent vers lui, comme s'il était responsable de cette visite. Le père repose ses couverts d'un air contrarié.

– Étais-tu au courant de sa venue ?

– Évidemment non.

– Va la recevoir. Dis-lui que je suis occupé. Je n'ai pas de temps pour ce sujet-là.

– Bien.

Théophile se lève d'un air gauche, pose sa serviette à côté de sa tasse et se dirige vers l'entrée.

Près de la porte, Geneviève attend. Ses deux mains tiennent un parapluie qui laisse s'échapper de fraîches gouttes de pluie. Ses bottines et le bas de sa robe sont trempés. À ses pieds, une petite flaque d'eau se forme peu à peu sur le parquet.

D'une main, elle remet en place ses mèches et son chapeau. Elle se doute qu'elle ne sera pas reçue par le père. Une fois qu'une fille a passé les portes de la Salpêtrière, plus personne, encore moins la famille, ne souhaite en entendre parler. Le père Cléry ne fait pas exception. Sa fille maintenant aliénée, évoquer même son prénom reviendrait à le déshonorer. Dans ce monde, maintenir la réputation d'un patronyme importe plus que de garder ses filles. Chez les Cléry, seul le fils constitue encore un espoir. « *Il est revenu voir sa sœur. Il culpabilise, c'est évident. C'est à lui qu'il faut s'adresser* », a pensé Geneviève. C'est pour ça qu'elle est là aujourd'hui.

La veille, sur le chemin du retour, le changement intérieur qui s'annonçait depuis un moment s'était définitivement opéré. Les mots de Charcot l'avaient d'abord abattue. Après les événements de ces derniers jours – son père d'abord, puis Louise et Thérèse ensuite –, il ne manquait plus que ce dernier coup pour qu'elle s'effondre entièrement. Désormais, elle n'avait plus d'emprise sur rien. Tout basculait et tombait au même moment, si bien qu'elle se demanda s'il n'était pas temps de cesser ses fonctions au sein de l'hôpital.

À mesure qu'elle remontait vers le Panthéon, un autre sentiment s'insinua dans son esprit. Depuis plus de vingt ans, elle avait œuvré, peiné, passé des nuits blanches à la Salpêtrière ; elle en connaissait chaque couloir, chaque pierre, chaque regard d'aliénée mieux que quiconque, mieux que Charcot même. Et lui, avait osé mépriser sa parole. Du haut de son estrade, il avait balayé d'un revers de main le jugement de celle qui l'admirait. Il ne l'entendait pas et ne souhaitait pas l'écouter. D'ailleurs, dans cet hôpital, aucun homme ne les écoutait.

Elle enrageait silencieusement au fil des pas, jusqu'à se sentir révoltée. Oui, ce n'était plus de l'énervement mais de la révolte, la même révolte qu'elle ressentait envers le clergé et ses diacres lorsqu'elle était enfant. On remettait en question sa croyance, son identité, on cherchait à la brimer, à lui imposer une ligne de conduite, un tempérament. Elle pensait avoir trouvé une légitimité au sein de cet hôpital, et voilà qu'elle réalisait qu'elle n'avait comme valeur non point tant celle qu'on voulait bien lui accorder, mais celle qu'avait décidé de lui octroyer une seule personne : le professeur Charcot.

Peut-être son sentiment était-il démesuré. Peut-être n'y avait-il pas de raison de s'offenser pour un simple avertissement. Mais elle avait toujours tenu tête à celles et ceux dont elle estimait qu'ils avaient tort. Et Charcot avait, cette fois-ci, tort.

C'était décidé : elle allait aider Eugénie. Comme Eugénie l'avait aidée.

Théophile, arrivé dans le couloir d'entrée, reconnaît l'intendante. Sa gorge se noue. Il s'approche d'elle.

– Madame ?

Geneviève jette un œil derrière lui.

– Et votre père ?

– Il est occupé, il vous prie de l'excu…

– Non, c'est très bien, c'est vous que je souhaitais voir.

– Moi ?

À son tour, Théophile jette un coup d'œil derrière lui et baisse la voix.

– Si c'est à propos du livre que je suis venu vous remettre, je vous en supplie, ne dites rien.

– Ce n'est pas à ce propos. J'ai besoin de votre aide.

L'intendante s'est rapprochée de Théophile et chuchote à son tour. Au bout du couloir, on aperçoit l'ouverture sur les premiers meubles du salon silencieux ; la table à manger et ses occupants ne sont pas visibles.

– Votre sœur doit sortir de la Salpêtrière.

– Qu'a-t-elle ? Est-ce grave ?

– Elle n'a absolument rien. Votre sœur est normale. Mais le docteur ne souhaite pas lui permettre de sortir.

– Mais, si elle est normale…

– Une fois qu'on est là-bas, on n'en sort pas. Ou rarement.

Théophile regarde, anxieux, du côté du couloir, pour vérifier que personne ne vient. Il passe sa main dans ses cheveux d'un geste nerveux.

– Je ne comprends pas ce que je peux faire. Je ne suis pas son tuteur. Seul notre père serait en mesure de la faire sortir.

– Et il ne le fera pas ?

– Non. Jamais.

– Demain a lieu le bal de l'hôpital. J'ai noté votre nom sur la liste des invités, vous êtes Clérin : j'ai changé votre patronyme afin qu'on ne vous lie pas à une alié… une internée.

– Demain ?

– Vous vous y retrouverez tous les deux. Il y aura assez d'agitation pour que l'on s'éclipse à un moment. Je vous ferai sortir par l'entrée de l'hôpital.

– Mais je… Je ne peux pas l'amener ici.

– Vous disposez de deux jours, trouvez quelque chose. Une petite chambre sous les toits vaudra toujours mieux que là où elle est actuellement.

Une voix provenant de l'entrée du salon les fait sursauter.

– Monsieur Cléry ? Tout se passe bien ?

Dans l'encadrement de la porte, Louis se tient droit. Théophile lui fait signe d'une main tremblante.

– Tout va bien, Louis. Madame part bientôt.

Le domestique le regarde un instant puis s'éclipse. Théophile, nerveux, arpente le couloir. Il continue de secouer ses cheveux d'une main.

– Tout ceci est très soudain. Je ne sais que vous dire.

– Souhaitez-vous que votre sœur soit libre ?

– Oui. Oui, bien sûr.

– Alors, faites-moi confiance.

Théophile cesse de marcher et s'arrête en fixant Geneviève. Ce n'est pas la même femme dont il a le souvenir. Physiquement, c'est elle à qui il a remis le livre, oui. Mais le tempérament n'était pas le même, il en est certain. Auparavant, cette femme l'intimidait ; désormais, on se confierait volontiers à elle. Il se rapproche.

– Pourquoi aidez-vous ma sœur ?

– Elle m'a aidée.

L'intendante semble en dire plus qu'elle ne voudrait. Théophile aimerait lui poser une question. L'interrogation le taraude depuis deux semaines, et seule cette femme serait en mesure de répondre vraiment. Il ouvre la bouche mais n'y parvient pas. La réponse lui fait peur.

Comme si Geneviève devinait cette incertitude en lui, elle devance sa parole.

– Votre sœur n'est pas folle. Elle est capable d'aider les autres. Mais elle ne pourra pas le faire en demeurant enfermée.

Dans le salon, des bruits de vaisselle se font entendre. Geneviève saisit l'avant-bras du garçon.

– Demain. Dix-huit heures. Vous n'aurez pas de meilleure opportunité que celle-ci.

La femme lâche son bras, tourne la poignée de la porte et quitte l'appartement. La porte demeurée entrouverte, Théophile l'aperçoit qui descend la cage d'escalier à vive allure et sans bruit. Il ramène sa main sur sa poitrine ; sous sa paume, il sent son cœur battre à cadence pressée.

Thérèse se réveille. Ses paupières luttent pour s'ouvrir dans la pénombre du dortoir. La fin de journée est tombée. Des lampes à huile éclairent la pièce et les silhouettes féminines qui s'agitent. Cette effervescence des corps est familière : elle revient chaque année, la veille du bal. Les gestes sont impatients, les rires nerveux, rares sont celles qui parviennent à dormir ce soir-là.

Allongée dans son lit, Thérèse appuie ses mains sur son matelas pour se redresser mais une douleur aiguë aux poignets l'en empêche. Elle s'immobilise, se mord les lèvres et se retient de crier. Comme si une lame lacérait l'intérieur de sa peau. La décharge lui monte à la tête et lui donne le vertige. Elle avait oublié.

Depuis qu'elle vivait à la Salpêtrière, deux ou trois fois par mois, Thérèse supportait des terreurs nocturnes : l'ancienne prostituée sursautait en pleine nuit et hurlait au secours, et tous les autres lits étaient secoués d'une panique contagieuse. Le matin, elle n'en avait aucun souvenir. En dehors de ces passages, la plus ancienne des aliénées se portait normalement.

Sans que l'on sache vraiment pourquoi, ces crises ne s'étaient pas manifestées depuis un long moment. Thérèse était d'humeur constante et ses nuits étaient paisibles. Son état général s'était à ce point stabilisé que lorsque Babinski l'avait examinée hier, il avait décidé qu'aucun signe ne s'opposait plus à une sortie. Ces propos avaient ébranlé l'internée qui avait maintenant un certain âge. La perspective de sortir et de retrouver Paris, ses rues, ses parfums, de traverser la Seine dans laquelle elle avait poussé son amant, de marcher à côté d'autres hommes dont elle ignorait les intentions, de fouler ces trottoirs qu'elle connaissait trop l'avait envahie d'une épouvante incontrôlable. Son œil avait repéré une paire de ciseaux médicaux posés sur une table, et son geste fut si rapide qu'il fit crier les infirmières sur place.

Elle s'était réveillée une première fois hier soir. Elle constata les pansements autour de ses poignets et se sentit soulagée.

Désormais, personne n'allait plus lui dire de sortir.

Décidant de prendre appui sur ses coudes, elle parvient à se rehausser quelque peu. Elle sort ses bras de dessous la couverture et observe ses bandages : un peu de sang a séché à l'intérieur des mailles blanches. La peau tire, elle semble l'entendre crier. Elle devra attendre pour tricoter à nouveau. Elle replace ses bras sous sa couverture, ne souhaitant pas attirer plus l'attention. Autour, les femmes sont revenues du réfectoire et tardent à se mettre au lit. Leur imagination s'occupe à fantasmer des applaudissements et des danses avec un partenaire, elles espèrent une rencontre ou du moins un regard croisé, et le moindre détail qu'elles pourront entendre ou voir ou sentir demain soir sera emporté et entretenu dans leur mémoire comme une relique précieuse.

Une seule silhouette se distingue des autres : droite et tendue dans sa robe noire, elle traverse les rangées de lits sans partager l'esprit de légèreté. Thérèse reconnaît Eugénie. La jeune femme rejoint son lit et y prend place sans même faire attention à sa voisine. Elle retire rapidement ses bottines et se glisse sous la couverture. Thérèse surprend alors un petit bout de papier entre ses doigts, qu'Eugénie insère aussitôt à l'intérieur de sa manche, discrètement, entre le poignet et le tissu de sa robe. Son secret en lieu sûr, elle s'allonge et se tourne sur le côté, dos à Thérèse, et demeure immobile.

Celle-ci n'a pas le temps de comprendre, qu'une main sur son épaule la surprend.

– Thérèse, tu es réveillée.

Debout à sa gauche, une infirmière la dévisage. Cette brune épaisse, dotée d'un visage sans caractère, fait partie des plus jeunes recrues : celles arrivées il y a un ou deux ans. S'étant retrouvées ici par défaut, car elles auraient tout autant pu faire domestiques que lavandières, elles soignent les patientes comme elles auraient pu servir le thé ou battre du linge. Elles se contentent d'exécuter les ordres et, afin de distraire des journées sans intérêt, elles ne cessent de parler – des aliénées, des infirmières, des médecins, des internes. La moindre nouveauté, le moindre détail, le moindre ragot est partagé, repris, décuplé, moqué. Les écouter, au détour d'un couloir ou sur un banc, n'est pas sans rappeler les commérages des ménagères qui se rassemblent dans les cours d'immeubles. On n'oserait se confier à elles de peur qu'elles ne répètent votre confidence.

Thérèse secoue les épaules d'un air indifférent.

– J'suis réveillée, oui.

– Tu as besoin de quelque chose ? Tu as manqué le dîner.

– J'ai pas faim, merci.

La jeune infirmière s'accroupit auprès du lit. Thérèse est la seule à qui les nouvelles recrues ne s'en prennent pas. C'est au contraire celle à qui justement on veut parler, elle qui depuis vingt ans dort dans ces lieux et en connaît les moindres fissures.

La jeune fille pointe Eugénie du doigt et baisse la voix.

– Tu vois ta voisine ? Celle qui parle aux fantômes ? Tout à l'heure, dans le réfectoire, l'Ancienne lui a remis une note. Un petit bout de papier. Elle a fait ça discrètement, mais moi j'ai vu.

Thérèse jette un œil vers Eugénie, allongée sur le côté, tournant le dos aux deux femmes. Elle ne s'étonne pas de la remarque. Elle avait déjà surpris Geneviève qui regardait Eugénie et paraissait troublée. C'était d'ailleurs surprenant de constater chez l'Ancienne une telle confusion, inhabituelle. Quelque chose s'était ébranlé en elle depuis l'arrivée de cette jeune fille de bonne famille. Mais parce que ce qui se passait entre les deux femmes semblait grave, Thérèse n'aspirait justement pas à le savoir.

Elle tourne son visage contrarié vers l'infirmière.

– Et alors ?

– Elles cachent quelque chose, toutes les deux. J'en suis sûre. Je vais plus les lâcher, maintenant.

– Dis-moi, gamine, t'as pas mieux à faire ? C'est un hôpital ici, pas un bistrot. Tu d'vrais t'occuper autrement, y a deux folles en face qui s'disputent une capeline.

L'infirmière se redresse et fronce les sourcils.

– Si un jour j'apprends que tu sais quelque chose, je le rapporterai au docteur.

– C'est pas l'école ici non plus. Allez va, tu m'fatigues, j'vais pas cicatriser si j'continue d't'écouter.

La jeune rapporteuse tourne les talons et s'éloigne. Thérèse regarde à nouveau Eugénie.

Recroquevillée sur le côté, la tête enfoncée dans son oreiller, Eugénie pleure sans bruit. Ses doigts éloignent les mèches mouillées sur son visage. Elle n'entend et ne voit rien autour d'elle. Mille pensées l'accaparent, longtemps. Puis, afin d'y croire vraiment, afin de s'assurer qu'elle ne l'a pas rêvé, elle retire discrètement de l'intérieur de sa manche la note que lui a passée Geneviève. Ses doigts tremblent en dépliant le petit bout de papier. Sur celui-ci, l'écriture de l'Ancienne :

« *Demain soir, pendant le bal. Théophile sera là.* »

12

Le 18 mars 1885

La nuit est tombée. Le long du boulevard de l'Hôpital, les allumeurs de réverbères se relayent pour éclairer les trottoirs. La rue est calme en ce début de soirée – excepté au numéro 47. Sur la petite place en retrait de la route, une agitation inhabituelle a pris forme : des fiacres arrivent par dizaines, contournent le petit rond-point, s'arrêtent un à un. Les portières s'ouvrent et des passagers descendent sur la place pavée. Les silhouettes des couples sont apprêtées. Un coup d'œil aux parures laisse comprendre qu'il s'agit d'un Paris qui n'a pas de mal à se nourrir.

Sous l'entrée voûtée, à côté des colonnes soutenant le linteau sur lequel est gravé le nom de l'hôpital, quelques infirmières accueillent les invités. Certains, familiers des lieux, traversent la cour d'honneur d'un pas assuré ; d'autres découvrent les allées et les bâtiments avec une euphorie craintive et curieuse.

Dans la vaste salle de l'Hospice, les invités déjà présents patientent. Des appliques murales éclairent le lieu à la décoration modeste : des plantes vertes et des fleurs bordent les larges fenêtres ; des guirlandes colorées pendent du plafond.

Près des portes battantes, un buffet étale pâtisseries, bonbons et petits-fours. Les mains se servent avec gourmandise tout en cherchant une liqueur ou une coupe de champagne, sans en trouver. Ce soir, les palais doivent se contenter, au mieux, de sirops d'orgeat ou d'orange.

Dès l'entrée en salle, un air de valse accueille les nouveaux arrivants. En face, juché sur une estrade, un petit orchestre joue avec entrain.

Un brouhaha timide et nerveux se joint aux notes de musique. Cette dernière attente finit d'exciter les esprits et d'alimenter les propos :

– De quoi pensez-vous qu'elles aient l'air ?

– Croyez-vous que l'on puisse les regarder dans les yeux ?

– L'année dernière, une vieille démente s'était frottée à tous les hommes de la soirée !

– Sont-elles agressives ?

– Et Charcot ? Sera-t-il présent ?

– Je serais curieuse de voir à quoi ces fameuses crises d'hystérie ressemblent.

– Peut-être n'aurais-je pas dû porter de diamants, je crains qu'elles me les volent.

– Il paraît que certaines sont très belles.

– J'en ai vu des absolument repoussantes.

Cinq coups de bâton frappés au sol font taire les voix. L'orchestre cesse de jouer. À côté de l'entrée, un petit groupe d'infirmières s'est rassemblé. À les voir, on se rappelle que ce bal n'a rien de commun avec un autre. Les décorations, l'orchestre, le buffet, ne permettent pas d'enjoliver la réalité du lieu où l'on se trouve : un hôpital pour aliénées.

La présence des infirmières soulève un sentiment ambigu : on aime à les savoir proches, dans le cas d'un débordement ou d'un écart qui empiéterait sur le bal. On se sent aussi moins seul, moins désœuvré, face à ces femmes qu'on côtoiera bientôt et dont on ignore la conduite en public. Mais ces aides-soignantes inquiètent, on se dit qu'un écart n'est jamais loin, et que l'une peut basculer d'un moment à l'autre – même si, au fond, chacun espère être témoin de ces fameuses crises d'hystérie.

À côté des infirmières, un médecin chef s'adresse à la foule :

– Mesdames, messieurs, bonsoir. Bienvenue à l'hôpital de la Salpêtrière. L'équipe des infirmières, les médecins et le docteur Charcot sont ravis et honorés de vous recevoir pour ce nouveau bal de la mi-carême. Je vous prie d'accueillir celles que vous attendez tous.

L'orchestre reprend sa valse face à un public mutique. Les cous se tendent vers les portes battantes qu'on ouvre. Par couples de deux, les aliénées pénètrent en cortège dans la salle. On s'attendait à voir apparaître des démentes, des maigres, des tordues, mais les filles de Charcot partagent une aisance et une normalité qui étonnent. On imaginait aussi des costumes grotesques et des airs de bouffonnes, et l'on se surprend de cette prestance digne de comédiennes de théâtre. Ce sont tour à tour des laitières et des marquises, des paysannes et des pierrettes, des mousquetaires et des colombines, des cavalières et des magiciennes, des troubadours et des marins, des paysannes et des reines. Ces filles-là viennent de tous les secteurs confondus, elles sont hystériques, épileptiques et nerveuses, jeunes et moins jeunes, toutes charismatiques, comme si autre chose que la maladie et les murs de l'hôpital les distinguait – une manière d'être et de se placer dans le monde.

À mesure qu'elles avancent, on s'écarte sur leur passage. On cherche un défaut, une tare, on remarque un bras paralysé sur la poitrine, des paupières qui se referment un peu trop fréquemment. Mais ces aliénées offrent un spectacle de grâce surprenant. Mis en confiance, les corps des invités se détendent. Peu à peu, les murmures reprennent, des rires éclatent, on se bouscule pour voir de plus près ces animaux exotiques, car c'est comme si l'on était dans une cage du Jardin des Plantes, en contact direct avec ces bêtes curieuses. Pendant que les aliénées prennent place sur la piste ou sur les banquettes, les invités se relâchent et gloussent, s'esclaffent et crient lorsqu'ils effleurent la manche d'une folle, et si l'on venait à entrer dans cette salle de bal sans en connaître le contexte, on prendrait pour fous et excentriques tous ceux qui, ce soir, ne sont pas censés l'être.

À quelques portes de la salle, au bout d'un couloir, une infirmière conduit Louise au bal. La jeune adolescente, installée sur un lit à roulettes, se laisse pousser vers l'événement.

Toute la journée, elle s'est refusée à endosser son costume. La perspective de se montrer en public quand la moitié de son corps ne répond plus l'épouvantait. Elle, l'élève célèbre des cours de Charcot, devenue une vulgaire handicapée, incapable de danser sur ses deux jambes. L'insistance, la flatterie des aliénées et des infirmières eurent finalement raison de la jeune adolescente. Paris n'attendait qu'elle, on voulait la voir. Qu'elle fût paralysée n'enlevait rien à sa réputation, au contraire : on admirerait son courage d'apparaître en public. Plus encore : si Charcot était capable de la soigner, de renverser sa paralysie, elle était en passe de devenir un symbole, un modèle des progrès de la science. Son nom serait imprimé dans les livres scolaires.

Il ne lui en fallut pas plus pour retrouver confiance. Louise attendit que les autres aliénées quittent le dortoir – excepté Thérèse, qui resterait au repos ce soir – et se fit vêtir par deux infirmières. Le bras paralysé posa le plus de difficulté, mais on parvint à enfiler le déguisement sans déchirer le tissu. Une longue mantille à fleurs et franges fut déposée sur ses épaules. Ses cheveux ébène furent coiffés en un chignon bas, et deux roses rouges furent placées dans sa chevelure. Thérèse l'avait regardée en souriant :

– T'as l'air d'une vraie Espagnole, ma p'tite Louise.

Les roues du lit grincent sur le carrelage du couloir. Plusieurs oreillers épais sont installés derrière le dos de Louise. Son buste est relevé en position assise. Sa main paralysée est ramenée contre sa poitrine. À mesure qu'elle roule vers la salle de l'Hospice, son souffle se fait court. Elle n'entend pas les propos de la jeune infirmière qui parle derrière elle.

Soudain, dans le couloir obscur, une silhouette masculine apparaît et leur barre le passage : Louise sort de sa songerie et reconnaît Jules. Elle retient sa respiration. Le jeune interne s'avance avec assurance vers les deux femmes et s'adresse à l'infirmière derrière Louise.

– Paulette, on te demande à l'entrée de l'hôpital. Des invités continuent d'arriver et ne trouvent pas le chemin.

– Mais j'dois accompagner la p'tite…

– Je m'en occupe. Vas-y.

L'infirmière, malgré elle, s'exécute. Jules prend sa place et pousse le lit en avant. Aucun mot n'est échangé, jusqu'à ce qu'ils entendent l'infirmière définitivement partie. Jules se penche en avant vers Louise. Il n'a pas le temps de parler qu'elle le devance.

– Je voulais pas te voir.

– Ah non ?

– Je veux plus t'voir. Je suis laide à présent.

Jules s'immobilise. Les roues cessent de grincer. Il contourne le lit et se positionne à côté de Louise. Elle détourne le visage des yeux bleus qui la fixent.

– Me regarde pas.

– Tu es toujours belle à mes yeux, Louise.

– Les handicapées sont pas belles. Tu mens.

Elle sent ses doigts effleurer sa nuque, puis sa joue.

– Louise, je veux que tu sois ma femme. Ça ne changera pas.

Louise ferme les paupières et mord l'intérieur de ses joues. Elle espérait ces mots-là. Ses doigts gauches serrent la mantille pour s'empêcher de pleurer. Elle sent alors le lit rouler de nouveau. Elle ouvre les yeux, et remarque que le lit a été tourné dans l'autre sens ; derrière elle, Jules a fait demi-tour et pousse le lit en avant.

– Qu'est-ce que tu fais ? La salle de l'Hospice est de l'autre côté.

– J'ai quelque chose à te montrer.

Dans la salle du bal, Théophile se fraye un chemin parmi les déguisements. Il s'étonne du monde présent. Autour de lui, une procession de hauts-de-forme et de capelines, de dentelles et de froufrous, de plumes et de fleurs, de moustaches vraies et fausses, de tissus à carreaux et à pois, de fourrures et d'éventails. Les corps dansent, se bousculent, se frôlent, se fuient. Son regard croise des visages hilares, des doigts qu'on pointe vers les folles, des folles qui lui sourient, lui serrent la main. Le brouhaha se mêle aux notes de violon et de piano, des rires éclatent de chaque côté, on tape des mains et des pieds sur le parquet. C'est une foule bigarrée et étrange, semblable à une fête de carnaval populaire où les bourgeois semblent venus moins pour célébrer l'esprit festif que pour rire des villageois déguisés. La fête n'est pas la même pour tous. D'un côté, de jeunes femmes costumées qui exécutent avec justesse les pas de danse appris ces dernières semaines ; de l'autre, des spectateurs qui applaudissent, totalement immergés dans ce spectacle, comme pierres dans l'eau.

Théophile parcourt les visages à la recherche de sa sœur. Ses tempes sont moites, comme ses mains. Il était loin d'imaginer qu'il se retrouverait ici, au fameux bal de la Salpêtrière, pour en faire sortir Eugénie sans l'aval ni de son père ni du médecin. Il ignore si son entreprise est juste et courageuse, ou idiote et dangereuse.

Circulant elles aussi parmi la foule, tout de noir vêtues, des infirmières distribuent aux aliénées de petits verres de sirop. Certaines se plient aux ordres, d'autres repoussent le verre d'une main, refusant d'être vues comme des malades le temps de cette soirée. Au pied des fenêtres, assises sur des banquettes, de vieilles démentes semblent indifférentes à l'agitation générale.

Lorsque l'on remarque pour la première fois leurs joues creuses et leurs regards hagards, un mouvement de recul s'empare des spectateurs : à les voir impassibles au milieu de ce bal pittoresque, on les croirait presque mortes. Dans la foule, une comtesse circule entre les invités. Agitant un éventail qui fait voler les boucles de sa frange, elle évoque à qui veut bien l'entendre sa fortune, décrit le château qu'elle possède en Ardèche, s'inquiète qu'on lui vole son collier en rivière de diamants. Plus loin, une gitane aux traits épais, la tête recouverte d'un foulard, la bouche maquillée, propose aux inconnus de lire leur avenir dans leur paume ; puis elle s'arrête, saisit des mains, prédit un futur sous les gloussements nerveux, et poursuit son chemin. Une Marie-Antoinette frappe sans rythme sur un tambour qu'elle tient accroché autour de sa taille. Des enfants maigres et pâles, déguisés en pierrots, empoignent des friandises au buffet et détalent entre des invités surpris de voir de si jeunes internés. Une sorcière, dont la cape traîne par terre et le chapeau pointu paraît trop grand pour elle, balaye d'un air concentré les miettes et la poussière au sol, bousculant sans s'en rendre compte ceux qui se trouvent sur son passage.

Arrivé à la hauteur de l'orchestre, Théophile observe autour et s'immobilise : plus loin, à côté d'une fenêtre, Eugénie parcourt elle aussi la foule d'un regard anxieux. Ses cheveux sont tirés en arrière, une longue natte tombe le long de son dos. Un costume d'homme l'habille. Comme si elle sentait qu'on l'observait, elle tourne son visage amaigri et aperçoit son frère. Son cœur frappe un grand coup dans sa poitrine, et sa gorge se serre. Il est venu. Il est là, pour elle. Elle ne doutait pas de l'intégrité de son frère. Elle savait qu'il était le seul des membres de sa famille à ne pas la vouloir internée, et qu'il n'avait fait que ce qu'il savait faire jusqu'ici : exécuter sans broncher les injonctions paternelles. C'est ce qui rend ce soir sa présence surprenante. Elle ne le pensait pas un jour, si tôt, capable de s'opposer à celui à qui il avait obéi toute sa vie.

Théophile dévisage sa sœur, hésitant à agir maintenant qu'il l'a trouvée. Il décide finalement de faire un pas en avant pour la rejoindre, lorsqu'une main saisit son bras. Il se retourne d'un air surpris : à sa droite, Geneviève se rapproche de lui.

– Pas maintenant. Gardez un œil sur moi, je vous dirai quand.

S'éloignant aussitôt dans la foule, Eugénie, de loin, fait un signe de tête pour rassurer son frère. Pour la première fois depuis deux semaines, elle sourit.

Au-dehors de la salle de l'Hospice, la Salpêtrière est silencieuse. Dans les chambres, les couloirs, les étages, pas un chuchotement, pas un bruit de talons ne résonne. Seul est perceptible un grincement de roulettes sur le carrelage. Du lit qui la transporte dans les dédales de l'hôpital, Louise découvre les lieux qu'elle n'a pas l'habitude de voir si tard. La lumière des réverbères extérieurs éclaire faiblement les couloirs qu'ils traversent. Tout au long de son parcours, des ombres inquiétantes se dessinent sur les murs et sous les voûtes. Louise s'enfonce un peu plus au creux de son oreiller et ferme les paupières. Elle songe au bruit qui d'habitude l'entoure : les voix féminines du dortoir, le tintement des couverts au réfectoire, les ronflements la nuit – les plaintes et les pleurs des folles sont même préférables au calme sinistre qui règne ce soir. Tout vaut mieux que ce silence terrible : le bruit, au moins, est signe de vie.

Louise sent que le lit s'immobilise. Elle ouvre les paupières : une porte lui fait face. Jules a contourné le lit pour venir ouvrir la serrure. À l'intérieur, une chambre. La pénombre est totale. Louise regarde Jules sans comprendre.

– Pourquoi tu m'emmènes là ?

– C'est la chambre où l'on se retrouve d'habitude.

– Mais pourquoi on vient là ?

Jules ne répond pas et tire le lit vers l'intérieur. Louise secoue la tête.

– Je veux pas rentrer là, il fait tout noir.

Dans la chambre, impossible de distinguer les murs des meubles. Louise entend derrière elle la porte qui se referme.

– Jules, je veux sortir. Je veux aller au bal, là où il y a du monde.

– Chut, tais-toi.

L'adolescente le perçoit à côté d'elle. Il caresse ses cheveux un moment, puis elle sent ses lèvres se poser sur son cou. Sa main gauche le repousse brusquement.

– Jules… Tu sens l'alcool. Tu as bu.

Louise le sent à nouveau se pencher sur elle, cette fois pour l'embrasser. Elle détourne la tête, à droite, à gauche, tandis que les lèvres humides et alcoolisées forcent les siennes. Sa main gauche tente en vain de repousser cette insistance, mais l'interne est désormais monté sur le lit. Des larmes coulent sur les joues de Louise.

– Tu bois pas, normalement. Tu m'as dit que tu buvais pas.

– Sauf ce soir.

– Tu devais me demander en mariage, ce soir.

– Je vais le faire. Mais tu es déjà un peu ma femme.

L'haleine est chaude. Louise reconnaît ce parfum. Des nausées lui montent à la gorge. Il suffit d'un buveur approché de trop près une fois, pour laisser un souvenir indélébile et intolérable. Elle n'a pas le temps de calmer ses larmes qu'une main lui empoigne les joues et qu'à nouveau, la bouche de Jules se jette sur la sienne. Sa gorge hurle, tandis qu'elle sent le poids de l'homme s'allonger sur elle. Dans le noir de la chambre, elle reconnaît les gestes qui s'opèrent sur son corps. Elle pensait que ce souvenir appartenait au passé, que plus le temps passait plus ce moment s'éloignait. Elle en était même venue à penser que ce qui était arrivé l'avait été à une autre qu'elle-même, une Louise ancienne, une Louise d'avant, une Louise qui avait disparu de sa vie.

Lorsque pénètre entre ses cuisses la même violence que celle d'il y a trois ans, sa bouche s'ouvre pour laisser sortir un cri muet. Tout en elle, soudain, s'éteint. Ce n'est plus seulement la partie droite de son corps qui ne répond plus, mais l'ensemble de ses membres. Ses orteils, jusqu'à sa tête penchée en arrière, se figent.

Pétrifiée, elle ferme les paupières et se laisse partir dans une obscurité aussi sombre que celle de la chambre.

Sur l'estrade où joue l'orchestre, une aliénée a pris la place du pianiste : déguisée en laitière, elle observait l'instrument depuis le début du bal. Jugeant le musicien mauvais, elle décida de prendre sa place. À la vue de cette folle qui escaladait l'estrade et s'approchait de lui, l'homme avait blêmi et aussitôt cédé son siège sans broncher, comme si c'était le diable qui l'accostait, sous les rires d'un public hilare. Supervisée par une infirmière au pied de la scène, la laitière tapote sur les touches blanches et noires au gré d'un air qui n'appartient qu'à elle, perturbant la mélodie que les autres musiciens tentent de continuer à jouer.

Eugénie et Théophile n'ont pas quitté leurs places respectives. Près de la scène, le jeune homme garde un œil sur sa sœur et sur Geneviève, debout près des portes d'entrée. Eugénie, non loin d'une fenêtre, a elle aussi repéré Geneviève. Sa nuque est raide. La peur qui lui tord le ventre depuis cette nuit l'a empêchée d'avaler quoi que ce soit aujourd'hui. Elle n'attendait plus aucune aide de Geneviève. Comment avait-elle pu supposer que cette femme, qui pendant vingt ans n'avait pas une seule fois dérogé aux règles de l'hôpital, allait l'aider à sortir au bout de deux semaines ? Eugénie s'était résignée. Elle avait commencé à se laisser tomber dans une torpeur profonde qui menaçait de l'emmener loin, car l'espérance n'est pas une ressource inépuisable et doit bien, à un moment, se fonder sur quelque chose. Puis Geneviève lui avait glissé cette note à la cantine. Dans la cohue habituelle de l'après-souper, tandis qu'on débarrassait, rangeait, nettoyait, astiquait, balayait, elle avait vu l'intendante arriver vers elle et tendre sa main vers la sienne. Le geste avait été rapide, précis, discret. Geneviève n'avait rien dit, mais Eugénie avait remarqué quelque chose de changé dans son regard – une sorte de gravité fraternelle. Ce petit bout de papier plié en quatre lui avait donné un regain de courage suffisant pour espérer à nouveau et attendre le bal. Il lui fallait un déguisement. La pile restante était peu généreuse : elle avait dû se contenter d'un simple costume masculin. Après tout, il était plus discret de s'échapper à la dérobée dans un habit sombre que dans une robe rouge de marquise.

Au milieu de la foule, un cri s'élève. Sur la piste, on s'écarte brusquement en cercle et un « Oh ! » de stupeur parcourt l'assemblée. L'orchestre a cessé de jouer, excepté la laitière qui continue de faire sonner faux le piano. Au sol, une folle sur le dos frotte ses pieds contre le parquet et se meut avec douleur, tordue par des contractions dont on ne saurait dire d'où elles proviennent. Tandis que des infirmières accourent, un murmure de voix captivées commente la scène. À l'aide d'internes masculins, le corps agité de la folle est transporté sur une banquette, sous l'œil fasciné du public.

Eugénie la première remarque le signal de Geneviève : de l'autre côté de la salle, seule à côté de la porte, l'intendante hoche discrètement la tête et s'apprête à sortir. Théophile, distrait par l'animation inattendue, ne voit rien de l'échange entre les deux femmes, jusqu'à ce qu'il sente son bras empoigné par une main qui l'entraîne dans son mouvement.

– La porte d'entrée.

À sa gauche, sa sœur ne lâche plus son bras. Il se met au pas avec elle en traversant la foule obnubilée par cette première crise de la soirée.

Étendue sous une fenêtre, l'aliénée continue de crier d'une voix rauque. Sans attendre, un interne place deux doigts, l'index et le majeur, au niveau de l'ovaire, et appuie sans ménagement. Peu à peu, les cris diminuent. Les membres se détendent. Et la folle retrouve son calme.

On s'exclame, on rougit, on applaudit, on se décrispe. Et tandis que l'orchestre reprend une nouvelle valse avec entrain, Eugénie et Théophile passent les portes battantes de l'entrée sans regarder en arrière.

Les trois silhouettes longent le mur de la cour d'honneur en courant. La course se fait dans une semi-obscurité. Au loin, les réverbères qui éclairent l'allée principale n'atteignent pas le chemin qu'ils ont emprunté près du muret. Geneviève mène la fuite. Elle entend derrière elle les souffles d'Eugénie et de Théophile. Si elle venait à s'arrêter et à penser, elle serait incapable d'expliquer pourquoi elle est en train d'accomplir ce geste insensé. Depuis qu'elle a pris sa décision il y a trois jours, elle n'y a pas repensé. Elle sait seulement qu'elle songe à sa sœur. Elle songeait à Blandine lorsqu'elle marchait vers l'appartement des Cléry, elle songeait à Blandine en attendant le moment propice au bal pour partir, et elle songe à Blandine à cet instant même où ils fuient. Cette pensée la rassure, elle l'encourage même. Elle ignore si Blandine, vraiment, l'accompagne dans cette décision, si elle voit Geneviève en train de courir dans cette allée froide et sombre, ou s'il s'agit de la pensée la plus saugrenue qui l'ait jamais habitée. Geneviève préfère croire que Blandine est là, qu'elle la porte, qu'elle la veille. Croire, c'est s'aider.

Le trio finit par atteindre le mur d'entrée. Face à lui, une petite porte en bois. Geneviève, haletante, sort un trousseau de clefs de sa poche.

– Quittez la place le plus rapidement possible mais le plus discrètement aussi. Il y a des yeux partout, ici.

Geneviève sent une main se poser sur son avant-bras : elle lève les yeux vers Eugénie.

– Madame… Comment vous remercier ?

Geneviève n'avait jamais jusqu'ici remarqué qu'Eugénie était aussi grande qu'elle. Elle n'avait pas non plus remarqué sa tache sombre dans l'iris, comme si sa pupille débordait, ni ses sourcils épais, déterminés. À ce moment, la jeune fille lui apparaît telle qu'elle est, telle qu'elle a toujours été. Mais cet hôpital change les apparences, et Geneviève voudrait s'excuser de n'avoir pas compris plus tôt qui elle était vraiment.

Elle se contente de répondre à la question.

– Aide autour de toi.

Des cris au loin les font sursauter. Ils se retournent : la silhouette écrasante de la chapelle domine l'espace. Au bout de l'allée, plusieurs corps accourent dans leur direction. Parmi eux, l'infirmière qui avait surpris Geneviève en train de remettre la note à Eugénie.

– Elle est là-bas ! Je vous l'avais dit !

À ses côtés, trois silhouettes blanches, des internes, redoublent de vitesse pour les rejoindre. Geneviève trie activement son trousseau de clefs.

– Vite.

Ses mains trouvent la clef et l'insèrent dans la serrure. Elle ouvre la porte : de l'autre côté, la rue, ses fiacres, ses réverbères, ses immeubles.

– Allez-y, maintenant.

Eugénie jette un œil aux internes qui se rapprochent et regarde Geneviève avec inquiétude.

– Et vous ?

– Pars, Eugénie.

Eugénie remarque que le corps de l'intendante s'est raidi, sa mâchoire s'est crispée. Elle saisit Geneviève par la main.

– Venez avec nous.

– Vas-tu partir à la fin ?

– Madame, si vous restez ici, ils vont…

– Ça me regarde.

Eugénie serait demeurée sur place si son frère ne l'avait pas subitement saisie par le bras.

– Viens !

Le frère baisse la tête sous la sortie voûtée et tire Eugénie de force à l'extérieur. Passée de l'autre côté, celle-ci se retourne vers Geneviève : elle n'a pas le temps de la regarder une dernière fois que l'intendante a déjà refermé la porte à clef.

Le trousseau est à peine remis dans sa poche que Geneviève sent des mains d'hommes empoigner ses deux bras. La voix de l'infirmière crie derrière elle.

– Elle a aidé une folle à s'enfuir ! Elle est devenue malade, elle aussi !

Geneviève laisse faire les mains qui la maintiennent. Elle n'oppose plus de résistance. Ses membres, même, se détendent. Elle se sent soulagée.

– Ramenons-la.

Tandis qu'on la ramène à l'hôpital, elle lève le visage : les nuages ont quitté le ciel. Au-dessus du dôme de la chapelle, sur la toile bleu-noir, des étoiles se révèlent. Geneviève sourit doucement. L'infirmière, qui la surveille depuis tout à l'heure, fronce les sourcils, le visage fermé.

– Qu'as-tu à sourire dans ton coin ?

L'aliénée la regarde.

– L'existence est fascinante, vous savez.

Épilogue

Le 1er mars 1890

La neige tombe sur le parc. Une couche pâle et tendre repose sur les pelouses et les toits. Les branches des arbres nus soutiennent les monceaux accumulés sur l'écorce. Les allées de l'hôpital sont désertes.

Dans le dortoir, on s'est regroupé autour des poêles à charbon. L'après-midi est calme. Certaines dorment. Quelques-unes jouent aux cartes près d'une source de chaleur. D'autres errent entre les lits, parlent à elles-mêmes ou à des infirmières qui ne les écoutent pas. Dans un coin, à l'écart, plusieurs se sont regroupées autour d'un lit. Au milieu, assise en tailleur, Louise tricote un châle. Des dizaines de pelotes se côtoient à ses pieds. À ses côtés, on se pousse du coude pour obtenir le prochain châle.

– Il y en aura pour toutes, arrêtez de vous disputer.

Ses cheveux lâchés dégringolent en une cascade épaisse et ébène sur son dos. Une robe large et noire l'habille. Le foulard que portait d'habitude Thérèse est désormais accroché autour de son cou. Ses doigts manient les aiguilles avec aisance. Dès le moment où elle les a eues entre les mains, elle s'est mise à tricoter simplement, naturellement, comme si toutes les fois où elle avait observé Thérèse le faire avaient pénétré ses propres doigts. Elle tricote, et ne songe à rien d'autre qu'aux fils de laine qui se tordent et se nouent et s'enlacent entre eux.

Cinq ans plus tôt, on avait retrouvé Louise le lendemain matin du bal. La soirée était avancée lorsqu'un écho de panique avait traversé la salle de l'Hospice : non seulement on ne voyait Louise nulle part, mais Geneviève avait, soi-disant, aidé une folle à s'enfuir ! On avait écourté les festivités, ramené les folles dans leurs dortoirs respectifs et raccompagné les invités à la sortie.

À l'aube, une infirmière avait ouvert au hasard la porte d'une chambre. Sur le lit, Louise se trouvait dans la même position que la veille : la tête penchée en arrière, les paupières ouvertes et immobiles, les cuisses nues et écartées. Elle demeura dans cette catalepsie profonde toute la journée, sans que personne ne parvienne à l'en faire sortir. La nuit, un médecin qui traversait le parc l'avait surprise en train de marcher dans les allées sans direction précise. Tous ses membres fonctionnaient à nouveau, même si quelque chose dans son esprit semblait cassé. Elle fut raccompagnée à son lit, et n'en sortit plus. Deux ans durant, il fallut la nourrir, changer son écuelle, la laver dans ses draps. Elle avait cessé de parler aussi. Pas même Thérèse, qui chaque jour s'adressait à Louise en caressant sa main, comme si de rien n'était, n'entendit plus le son de sa voix jusqu'à sa mort. Thérèse était partie dans son sommeil, sans bruit. Le matin, toutes les femmes du dortoir s'étaient rassemblées autour de son corps figé. D'un coup, Louise s'était levée elle aussi et s'était approchée en donnant des instructions pour l'enterrement et l'hommage à lui rendre. On l'écoutait parler et gesticuler avec un certain étonnement : elle qui, deux ans durant, n'avait ni posé un pied à terre ni prononcé un seul mot avait retrouvé parole et mouvement comme par enchantement. Dès le lendemain de la mort de Thérèse, elle avait récupéré les accessoires de tricot et avait poursuivi son activité. Depuis trois ans, c'est à Louise que l'on venait quémander des châles. Elle tricotait et distribuait ses créations avec l'application d'un travail fait avec sérieux. L'enfance avait quitté son visage. Certaines fois, si elle se trouvait contrariée, son regard laissait entrevoir quelque chose d'impitoyable. On ne la plaignait plus, comme c'était le cas auparavant : désormais, on la redoutait.

À l'écart des autres femmes, Geneviève rédige une lettre sur son lit. Ses cheveux blonds et ondulés reposent sur ses épaules recouvertes d'un large châle bleu, le dernier confectionné par Louise pour l'hiver. Son visage est penché sur sa feuille, indifférent aux autres patientes qui gravitent autour d'elle et tentent de lire ce qu'elle écrit. On s'est habitué à ne plus la voir dans son habit d'infirmière, mais vêtue d'une simple robe de chambre, comme les autres. Les premières semaines, tous les regards s'attardaient sur sa présence improbable au sein du dortoir. Elle n'était pas la même femme non plus : quelque chose semblait s'être adouci, apaisé en elle. Maintenant qu'elle était une folle parmi les folles, elle paraissait enfin normale.

Recroquevillée au-dessus de sa feuille, elle trempe sa plume dans un petit encrier posé sur le lit puis écrit :

Paris, le 1er mars 1890,

Ma tendre sœur,

Tout est blanc, au-dehors. Nous ne pouvons sortir et toucher la neige. L'espace est glacial. Tu imagines combien les potages brûlants sont appréciés quand l'heure du dîner a sonné.
Cette nuit, j'ai rêvé de toi. Je te voyais parfaitement : ta peau douce, tes mèches rousses, ta bouche pâle. Exactement comme si tu étais face à moi. Tu m'observais sans rien dire, mais je t'entendais me parler. J'aimerais que tu me rendes visite plus souvent. Cela

me rend heureuse de te voir. Je sais que tu étais vraiment avec moi, à ce moment-là.

Il y a quelques jours, une nouvelle lettre d'Eugénie m'est parvenue. Elle écrit toujours pour La Revue spirite. *Elle souhaiterait m'en envoyer un exemplaire, mais elle sait qu'on me le retirerait. Son talent est connu d'une petite sphère d'intéressés à Paris. Elle demeure prudente, et s'entoure de personnes qui ne la prendront pas pour une hérétique. S'ils savaient.*

Ces gens qui l'ont jugée, qui m'ont jugée moi… leur jugement réside dans leur conviction. La foi inébranlable en une idée mène aux préjugés. T'ai-je dit combien je me sentais sereine, depuis que je doute ? Oui, il ne faut pas avoir de convictions : il faut pouvoir douter, de tout, des choses, de soi-même. Douter. Cela me semble si clair depuis que je suis de l'autre côté, depuis que je dors dans ces lits qui me faisaient horreur auparavant. Je ne me sens pas proche des femmes ici, mais désormais je les vois. Telles qu'elles sont.

Je continue d'aller à l'église. Pas à la messe, évidemment. J'y vais seule. Lorsque les nefs sont vides. Je n'y prie pas. Je ne suis pas certaine d'avoir encore trouvé Dieu. J'ignore si cela viendra un jour. Je t'ai déjà trouvée, toi. C'est ça qui m'importe.

Je ne sais si je vais sortir bientôt, ni même un jour. Je doute que la liberté soit en dehors de ces murs. J'ai été à l'extérieur la majeure partie de ma vie, je ne me suis pas sentie libre. L'aspiration doit se faire ailleurs.

Attendre d'être libérée est un sentiment vain et insupportable.
On me tourne autour pour tenter de lire quelques lignes, je vais cesser d'écrire.
Je pense à toi. Reviens me voir bientôt, tu sais où me trouver.
Je t'embrasse, de tout mon cœur.

Geneviève.

Geneviève relève la tête vers les folles qui se sont penchées par-dessus son lit.

– J'ai fini d'écrire. Il n'y a rien à lire.

– Quel ennui !

Les corps autour d'elle se dispersent. Geneviève descend du lit et s'accroupit : entre les quatre pieds métalliques, sur le sol, une petite malle fermée à clef. Geneviève saisit une poignée et la tire vers elle. À l'intérieur, une centaine de lettres sont classées les unes contre les autres. Elle range la plume et l'encrier d'un côté, plie la lettre qu'elle a rédigée et l'insère en bout de pile. La malle refermée, elle la repousse en dessous des lattes grises et se redresse. Ses deux mains ramènent le châle contre sa poitrine tandis qu'elle avance vers les fenêtres, sous le regard attentif des infirmières. Au-dehors, le tapis blanc sur les pavés continue de s'épaissir. Immobile face à la fenêtre, Geneviève songe au jardin du Luxembourg en hiver. L'aspect parfait de ses allées immaculées. Le calme froid. Les traces de pas laissées dans la neige épaisse.

Le décor est tel qu'on en vient à souhaiter qu'il dure toujours.

Des doigts tapotent son épaule. À sa droite, Louise la dévisage. Geneviève paraît surprise.

– Tu as abandonné ton tricot ?

– Elles me fatiguent derrière, à tourner autour de moi. J'les fais attendre un peu.

Louise croise les bras sur sa poitrine et contemple le parc tout blanc. Elle hausse les épaules.

– Avant je trouvais ça beau. Maintenant, ça me fait plus rien.

– Trouves-tu encore des choses belles ?

Louise baisse la tête et réfléchit un instant. Elle frôle du bout de sa bottine une fissure sur le carrelage.

– Je suis pas sûre. Je crois… quand j'pense à ma mère. Je me souviens que j'la trouvais belle, elle. C'est tout.

– Ça suffit.

– Oui. Ça me suffit.

Louise observe Geneviève, immobile devant la fenêtre, ses mains un peu ridées posées sur son châle.

– Ça vous manque pas, dehors, Madame Geneviève ?

– Je crois… que je n'ai jamais été dehors. J'ai toujours été ici.

Louise hoche la tête. Les deux femmes demeurent côte à côte, debout face au parc qui continue de pâlir devant elles.

Composition IGS-CP
Impression CPI Bussière en novembre 2019
Éditions Albin Michel
22, rue Huyghens, 75014 Paris
www.albin-michel.fr

ISBN : 978-2-226-44210-9
N° d'impression : 2048635
Dépôt légal : août 2019
Imprimé en France